La route de Suwon

Du même auteur

Ni ce qu'ils espèrent ni ce qu'ils croient, Allia, 2012.
Les Anges à part, Rivages, 2014.
L'ombre couvre leurs yeux, Rivages, 2016.

Élie Treese

La route de Suwon

Rivages

Retrouvez l'ensemble des parutions
des Éditions Payot & Rivages sur

payot-rivages.fr

Collection dirigée par Émilie Colombani

Pour Guy et Yvonne Mallon

« Qui pourrait jamais, même sans rimes,
même en s'y reprenant à plusieurs fois,
redire pleinement le sang
et les plaies que je vis alors ? »

DANTE, *Enfer*, Chant XXVIII

Prologue

J'ai regardé Romain derrière un nuage de fumée et j'ai dit on est coincés, nom de Dieu, dans un monde livré à la parole, un monde au sein duquel chacun participe, de façon discrète, à une abrasion totale de la notion de vérité. J'ai tiré un peu sur ma cigarette, en écoutant avec attention les bruits venus du dehors, et j'ai dit un monde débraillé, oui, avant d'attraper, sur le côté, le bol translucide dans lequel on fourre chaque jour la monnaie qui nous défonce les poches.

Romain, de son côté, s'est déplié un instant, pour rallumer la cigarette qu'il avait entre les doigts, et il a fait deux ou trois ronds de fumée comme à trente ans de là, quand on était encore une bande de jeunes blaireaux, en quête de quelque chose de mieux. J'ai dit non, la vérité ne procède jamais de manière anarchique ou bancale, elle procède au contraire par strates, de façon rare, comme quand on découvre, à la suite de Dante, l'obscurité hiératique des neuf cercles de l'Enfer.

Alors j'ai commencé à monter les pièces les unes sur les autres, en suivant le plan d'un cône inversé, avec les centimes tout d'abord, et les pièces les plus larges au fur et à mesure, comme un boyau étincelant sur la table basse. Puis Romain a simplement dit neuf cercles, d'un air fatigué, on va devoir traverser neuf cercles, c'est bien ça, avant d'écraser finalement sa cigarette, les yeux toujours rivés, avec anxiété, sur les degrés étranges de cet entonnoir de métal.

Cercle 1

Le silence était là, depuis le départ des autres, et Romain roulait à nouveau une cigarette, sur un coin de table, tête baissée lorsque j'ai dit tout dépend de toi à la fin, tout dépend de ta capacité à tenir malgré l'heure tardive, parce qu'à trois heures du matin, ou peut-être quatre heures, il sera forcément plus difficile d'expliquer les règles de notre petit jeu, quand on choisit de décliner lentement l'existence d'un homme, au moyen de pièces dont à chaque fois la valeur augmente. Il a levé les yeux vers moi, en mettant juste un coup de langue sur le papier de sa cigarette, et il a dit ça va, je suis pas fatigué, avant de finir son collage et de se rabattre vers l'arrière, assis sur le sol, un bras posé seulement sur le coussin blanc du canapé.

Il a allumé sa clope, en époussetant de la main les flammèches qui tombaient sur lui, et il a dit c'est juste que je voudrais comprendre un peu à quoi ça rime, tout ça, cette première pièce par exemple, on n'a rien pour un centime, c'est une pièce sans utilité réelle, pour faire des colliers ou ce genre de choses. Ce sera difficile de proposer une entrée en matière convaincante pour un seul centime, puis il a bu une gorgée de vin, simplement, avant de reposer son verre sur la table basse ponctuée de larges traces rouges.

J'ai ramené vers moi le monticule de pièces que j'ai éparpillé sous la lampe, et j'ai dit c'est vrai, un centime ça vaut rien du tout, ou presque rien, alors je vais essayer de dire les choses comme elles viennent, en utilisant les mêmes mots qu'Elle aurait pu utiliser, Elle qui résumait jusqu'à sa mort la situation par une formule simple, *quelle connerie, nom de Dieu, quelle connerie.* Puis j'ai pris entre deux doigts la minuscule pièce rouge, et j'ai dit le premier cercle est celui de la sidération, tu vois, un cercle qui ne nécessite pas de longs développements mais seulement le rappel des faits eux-mêmes, dans leur brutalité initiale. J'ai allumé ma clope, dans la lumière pâle, et j'ai dit le 2 septembre 1950, alors que rien ne laissait présager quoi que ce soit, il est arrivé sur la plage où Elle l'attendait, comme ça, et il lui a annoncé qu'il partait le soir même faire la guerre en Corée, qu'il s'était engagé comme volontaire pour une durée de trois ans, et qu'il était sur le point de rejoindre un bataillon de mille hommes afin de défendre, sous l'égide de l'ONU, les valeurs du monde libre.

Il faisait beau ce jour-là, sur la plage de Kérity, avec les gosses qui couraient un peu partout et jetaient du sable à la face du vent. Il a dit aussi qu'il fallait qu'Elle soit forte, comme Elle l'avait toujours été, qu'il avait une confiance infinie en Elle, en sa capacité à élever et chérir leurs quatre enfants, et plus généralement à tout supporter, même l'inimaginable de ce départ pour la guerre, aussi subit et incompréhensible qu'un coup de poing dans la gueule. J'ai regardé de l'autre côté de la table, en avalant une gorgée de vin rouge, et j'ai dit oui, il a annoncé son départ en quelques mots, le long du rivage, puis il a tourné les talons en la laissant avec sa mère, je veux dire sa mère à Elle, au milieu des gosses qui jouaient à s'attraper sur l'immense bande de sable terne. J'ai resservi les deux verres, le mien puis celui de Romain qui avait fait oui de la tête, et j'ai dit ça, c'est ce qu'on appelle le temps de la sidération, de « Sidus », l'étoile en latin, quand on se trouve soudain littéralement frappé de paralysie et comme placé, dans l'incapacité d'agir, sous l'influence brutale et maléfique des astres.

Il a tiré longuement sur son mégot, en regardant ses doigts pour enlever çà et là un reste de peinture blanche, puis il a demandé ça s'est passé comment pour lui, la Corée, je veux dire, il a été tué, blessé, ce genre de choses, parce que j'ai cru comprendre que ça n'avait pas été une partie de plaisir, pour ces types qui étaient là-bas. J'ai avalé une gorgée tiède, de vin mêlé à un reste de dépôts couleur brique, et j'ai dit c'est plus compliqué que ça, en prenant une fois encore la pièce entre les doigts, pour la faire vaciller un peu à la lumière de la lampe, c'est plus compliqué que ça. Il est revenu au bout de trois années, sans la moindre blessure ou égratignure, et bardé de toutes les médailles qui avaient pu être distribuées durant cette guerre informe. Mais à peine six mois plus tard, alors qu'Elle s'habituait juste à sa présence à ses côtés, oui, six mois après avoir laissé derrière lui les effluves de kérosène et de napalm, il a annoncé à sa femme qu'il s'était engagé à nouveau, pour l'Indochine. Alors il l'a quittée une seconde fois, toujours sans aucune explication, et il est parti rejoindre son bataillon en Orient, avant de se faire tuer presque à son arrivée dans le Sud Annam, quelque part le long de la RP 14, dans la jungle humide du secteur de Plei Rin.

Voilà, nom de Dieu, voilà pour ce qui est de la sidération à un centime, tu comprends maintenant. Puis j'ai montré encore la pièce dans la lumière fade de la nuit, et je l'ai fait glisser sur la table, afin qu'il s'en saisisse d'une main nonchalante. Il l'a fait tourner lentement entre deux doigts, comme la réplique exacte d'une chose importante, et il a dit oui, on va devoir passer en revue les huit cercles qui restent, pour trouver une issue à cette histoire, avant de poser la pièce devant lui, à une place de choix, sur cette table luisante recouverte de zinc poli.

Cercle 2

Je me suis penché vers l'extrémité de la table, pour attraper un paquet de cigarettes abandonné, et j'ai dit le deuxième cercle est celui de la violence, assez logiquement, quand on a eu la malchance de naître dans l'une de ces époques à la con, où la vie d'un homme ne valait finalement pas la peau d'un chien crevé. J'ai pris la petite pièce de deux entre les doigts, ronde et impatiente avec ses éclats de cuivre rouge, et j'ai dit pour comprendre de quoi il s'agit, il faut revenir un instant à cette époque où il a été démobilisé, en 1940, quand il a repris son poste d'ingénieur en chef de l'Usine, à gérer la semaine entière la fabrication des ronces ou du fil recuit pour le compte des Grandury, au sein des immenses Tréfileries de l'Ouest. Mais ça, bien sûr, c'était le côté pile de la pièce, parce qu'aussitôt revenu de la guerre, il s'est rendu chez son père à Elle, le vieil Évard, qui avait encore les poumons massacrés par les gaz de l'Argonne, et il a plongé ses yeux durant de longues secondes dans le regard humide du vieux, un coude posé sur la table, avant de prendre la seule décision qui s'imposait, comme bercé par cette phrase répétée à l'infini, *vous les avez laissés passer nom de Dieu, vous les avez laissés passer.*

Alors c'est là que ça a commencé, quand lui et Dourlot, le directeur de l'Usine, ont décidé d'organiser la récupération des parachutages anglais, de créer un réseau de renseignement, ce genre de choses, et ça jusqu'en 1944, quand il a pris lui-même la tête des Corps francs qu'il avait constitués, pour faire le coup de poing contre les divisions en berne de l'Allemagne nazie, à Malestroit ou Saint-Armel. À l'époque aussi, elle savait bien que ça pouvait mal tourner, mais la vérité, c'est qu'ils avaient pris cette décision à deux, Elle et lui, comme une mécanique amoureuse, et quand Elle parlait, bien des années après, de l'arrivée de la Gestapo, aux petites heures, dans la maison de l'Usine, elle disait toujours *on était ensemble, nom de Dieu, ENSEMBLE, on connaissait les risques*, et en disant ça, elle pointait surtout du doigt l'écart ou le gouffre impitoyable entre cette matinée de septembre 1941 et cette autre journée, de septembre 1950, quand elle avait vu soudain disparaître ce qui l'attachait depuis toujours à cet homme, sur une plage, au milieu des éclats de rire et des cerfs-volants emportés par la brise marine. J'ai placé la pièce au bout d'un doigt, à plat, comme une empreinte brûlante, et j'ai dit c'est ça, la violence, la violence était partout, et on devait à chaque instant composer avec elle, quitte à faire des choix qui engageaient la vie et la mort de sa propre famille, avec la désinvolture de celui qui approche d'une table pour simplement gober une olive ou avaler cul sec un verre de bière.

Romain était resté figé, à l'autre bout de la table, une main posée sur le plateau en zinc devant lui. Puis il a dit tu penses comme ça que la violence pourrait justifier qu'il laisse tout en plan, qu'il aurait choisi de retourner à la guerre pour échapper à l'apathie collective, comme on peut tous en rêver quand on se retrouve à faire les courses ou vider la caisse du chat, alors qu'on rêvait d'espaces infinis et de grandes transhumances. Il a jeté les miettes du repas dans une assiette, tout en tirant sur sa clope, et il a dit ce serait pas le premier de ces types à avoir vu une annonce dans le journal, et compris que ce profil du volontaire était le sien, qu'il avait simplement oublié un instant qui il était vraiment, à essayer en vain de trouver une situation, une épouse admirative ou ce genre de conneries, au lieu de reprendre du service, comme un jeu qui se termine, à l'instant même où on en avait marre de jouer. Il a tiré une bouffée rageuse sur son mégot et il a dit merde, j'ai lu pas mal de choses sur le sujet depuis qu'on en a parlé, et je crois qu'ils ont été nombreux à céder aux sirènes du Grand Départ, des anciens de la Coloniale et des planteurs du Tonkin, des gamins d'à peine dix-huit ans, au sortir de leurs classes, des types d'un peu partout qui faisaient de leur vie une sorte de trou à rats et qui ont vu dans cette proposition de servir l'ONU en Orient une occasion rêvée, comme une épave en train de briller dans la nuit. Puis il a écrasé sa clope et il a dit ça se tient, je veux faire de tort à personne, évidemment, puisque c'est en lien avec la Famille, mais l'hypothèse est plus que vraisemblable d'une sorte de désertion, si on peut dire, au profit d'une chose plus exaltante que la vie de famille, comme les trains qu'on voit, le soir, s'éloigner vers une destination trouble.

Il était toujours allongé au sol, en position d'agapes silencieuses, et il a dit ça se tient en finissant son verre, les yeux attachés au plafond d'un blanc sale, ponctué çà et là de lourdes toiles d'araignées. Le vent passait, de la fenêtre de droite, en faisant osciller délicatement un fil solitaire, et j'ai dit je suis pas certain, non, en regardant les carapaces d'insectes flotter à l'extrémité du mur, je suis pas certain qu'on se trouve dans ce genre de cas, parce que cette analyse que tu fais, ça marche surtout pour les types qui n'avaient rien à perdre, mais ici la Famille dans son entier, en 1950, vivait à la propriété des Ormeaux, une maison bourgeoise rutilante, au milieu d'un parc de plusieurs hectares. Lorsqu'il poussait la porte le matin, comme on fait tous pour fumer une clope ou pisser un coup, sa journée à lui s'ouvrait sur les massifs d'hortensias ou les rhododendrons perdus dans la bruine, et quand il revenait le soir, après sa journée de travail, c'était pour voir les enfants jouer autour de l'immense serre, ou inventer des histoires à dormir debout à l'extrémité du bois qui les séparait de l'Usine. Cette vie-là, et encore la présence de sa femme, Yvonne, en peignoir de soie blanche, à la nuit tombée, c'est pas le genre de vie qu'on aurait envie de balayer d'un revers de main, même s'il a dû avoir son lot de contrariétés, comme tout le monde, avec les gamins qui pleurent plus souvent qu'il ne faudrait et encore les feuilles mortes qui s'accumulent lentement dans l'allée, au fil des jours blanchis par l'automne. Romain, à l'autre bout de la table, faisait encore cligner la pièce de cuivre rouge, splendide, impérieuse, à la lumière de l'ampoule. J'ai regardé la table embarrassée de cendres et de capsules de bières, la magie des couverts rassemblés en une seule lame étincelante sous la lampe, et j'ai dit on n'évacue pas comme ça la vie entière qu'on s'est construite, lentement, depuis les premières études de plans jusqu'à la naissance de la petite dernière en 1949, soit un an presque jour pour jour avant le départ pour la Corée. La pièce de deux centimes gardait maintenant son équilibre sur la pulpe du doigt, et j'ai dit non, l'habitude des guerres à rallonge n'explique pas tout, nom de Dieu, lorsque Romain a fini par poser la pièce sur l'autre, de sa main pâle, commençant sans rien dire une pyramide à l'envers, sur la table basse en train de briller de mille feux.

Cercle 3

J'ai attrapé la pièce de dix, la première à posséder cette couleur dorée des lingots d'or et des levers de soleil, et j'ai dit le troisième cercle est celui de l'amitié, oui, cette amitié indéfinissable des types qui se reconnaissent au premier coup d'œil, et descendraient en Enfer ensemble, si l'un des deux poussait la porte en premier. J'ai passé une main dans mes cheveux, tout en écartant de mon visage les volutes de fumée, et j'ai dit il m'a fallu du temps pour trouver quel était le chaînon manquant de cette affaire, j'ai dû consulter des dizaines de lettres et de rapports à la con avant de saisir l'importance exacte de Barthélemy, l'importance de ce type dans la décision de partir non seulement la première fois vers

Pusan, mais encore la seconde, en octobre 1953, lorsqu'il s'est agi d'embarquer pour la jungle indochinoise.

J'ai levé mon verre, dans une attitude implorante, et aussitôt Romain m'a versé un peu du vin vieux qu'il venait d'ouvrir, si bien que j'ai dit le moins qu'on puisse dire d'ailleurs, c'est que Barthélemy s'est révélé un être droit à la mort de Guy, envoyant des lettres chaque mois à la femme de son ami, s'occupant tour à tour des pensions de guerre, de la demande de rapatriement du corps, aidant la veuve du capitaine à régler les affaires de succession, à placer son argent dans des valeurs sûres, sans jamais se départir de cette politesse froide, contenue, qui fait la singularité de ces types au regard dur, lorsqu'ils décident un instant de se livrer avec maladresse. J'ai avalé une belle gorgée de vin tiède, et j'ai dit Guy et lui se sont connus sur le front de l'Ouest, en juin 1944, au moment où les Forces françaises de l'intérieur tentaient de freiner la remontée de la Wehrmacht au cœur du Morbihan, et parce que Guy dirigeait l'action de ses Corps francs dans le secteur, à l'époque même où Barthélemy tentait de mettre un peu d'ordre dans le bordel des combats livrés un peu partout, à la suite du débarquement allié en Normandie.

J'ai levé les yeux vers Romain, qui regardait par terre, comme un type que les uniformes et les hiérarchies font chier depuis toujours, puis j'ai dit je sais pas pourquoi ni comment il en est venu à se lier d'amitié avec cet officier plus vieux et plus gradé que lui, mais la vérité, c'est que six années après, ils étaient à nouveau embarqués ensemble, comme volontaires pour la Corée, alors que Barthélemy était déjà une valeur sûre dans ce bataillon de l'ONU, un type de la trempe des Le Mire ou Montclar, au milieu de toute cette clique des défenseurs du monde libre. Et Romain a simplement poussé les assiettes sur le côté, d'un air vague, et il a dit tu sais déjà ce que j'en pense de tes héros de la guerre en Orient, il a dit j'ai lu ce qu'il fallait pour comprendre en substance que cette boucherie en Corée avait fait deux millions de victimes, des paysans qui se trouvaient là par hasard le plus souvent, ou encore des gamins abattus le long des routes et laissés en l'état, brûlés comme du parchemin par les B-29 au fuselage étincelant. Il a dit j'aurais aimé parler de tout ça avec ton aïeul pour connaître sa position sur le sujet, mais la vérité, c'est qu'on n'aurait pas été d'accord, que ça aurait fini à se balancer des pelures d'oranges à la fin du repas, si tant est qu'on puisse dire les choses franchement à un type qui fait peut-être des cauchemars la nuit en repensant à toute cette merde.

Il a longé la table du doigt, en caressant une à une les aspérités du zinc, et il a dit mais ce que tu dis a du sens, je veux dire, je me rappelle même plus le nombre d'idées à la noix qu'on a pu avoir, à cause de l'amitié, comme si l'essence même de ce lien étrange tenait à la mise en œuvre des choix les plus invraisemblables, comme pisser du haut d'un mur ou enfiler un pétard géant dans la gueule d'un crapaud. Il a ri encore une fois et il a dit oui, j'imagine parfaitement qu'on puisse décider de tout plaquer, travail, famille, enfants et Dieu sait quoi d'autre, pour suivre le plan qu'on avait échafaudé avec un frère d'armes, l'idée qui nous semblait bonne ou magnifique avant qu'on en perçoive le résultat, comme des restes de bave luisante sur une carcasse de peau verte. Il a dit l'amitié, nom de Dieu, c'est certain que tu peux expliquer une bonne partie de la connerie du monde avec l'amitié, avant de boire encore un coup, les yeux rivés sur le désordre de la table.

J'ai rigolé un instant, avant de lâcher mon mégot au fond d'une bouteille vide, et j'ai dit je savais que je devais commencer par là, je me doutais que cette image de l'amitié brouillonne et insoumise te parlerait plus qu'à d'autres, mais en y réfléchissant, je crois pas qu'on puisse résumer ce départ de 1950 à une simple accolade de types bourrés, sur le parking de l'église. J'ai allumé une autre cigarette avec le briquet devant moi, et j'ai dit je pense en revanche qu'ils avaient quelque chose de particulier, tous les deux, et ce quelque chose, j'ai enfin mis le doigt dessus en regardant une photo datée de 1951, une photo prise par les Américains, le jour de la remise de la Silver Star à quelques officiers du bataillon. J'ai dit parmi eux, toujours dans les bons coups, on trouve évidemment le capitaine Mallon, le héros de la famille, et le colonel Barthélemy, récompensés tous deux pour être allés chercher, sous le feu de l'ennemi, un ravitaillement de munitions qui faisaient défaut à la seconde division d'infanterie « Indianhead », encerclée presque totalement par les divisions chinoises. J'ai tiré une longue bouffée sur ma cigarette et j'ai encore dit ce que j'ai vu ce jour-là, c'est l'expression même que je voyais chez ma grand-mère, depuis l'enfance, sur les photos en noir et blanc accrochées aux murs de toile brune. Ce que j'ai vu chez Barthélemy, coincé entre deux gars plus grands que lui, plus costauds que lui, plus résistants probablement et dévoués qu'il ne pouvait l'être, c'est ce petit sourire de merde que je connaissais par cœur, un sourire à la fois insolent et radieux, un sourire espiègle évoquant en réalité une plénitude totale, une adéquation parfaite à l'ici et maintenant des bombes et de la forêt dévastée à perte de vue.

J'ai allumé une autre cigarette, en pointant deux doigts dans sa direction, et j'ai dit ce type aimait la guerre, nom de Dieu, ce type était à la guerre comme chez lui, comme dans sa cuisine ou son putain de salon, et les types autour, avec leur air sérieux de soldats qui obéissent aux ordres, ont des allures de conte de fées en comparaison de cet homme au regard froid, à la violence nonchalante, qui se tient là, les mains enfoncées dans sa veste en cuir, avec presque un je-ne-sais-quoi de féminin tant la certitude, la défiance, la maîtrise des gestes les plus élémentaires, comme pocher un œuf ou tuer quelqu'un, semblent palpables en dépit de la distance et du temps. J'ai levé mon bras vers Romain, en direction de sa silhouette mince, et j'ai dit ils étaient pareils, nom de Dieu, l'appel de la guerre les a ramenés là-bas, peut-être pas sciemment, ou de façon telle qu'ils auraient pu en débattre ensemble, mais comme ces chiens qui ne trouvent plus aucune joie hors des chasses barbares aux viscères éparpillés dans la forêt. J'ai avalé une longue gorgée de vin rouge, comme pour ponctuer dans le cristal de Bohême l'éclat symbolique de tout le sang versé, et j'ai dit ils étaient amis par ça et pour ça, nom de Dieu, la guerre était leur seconde nature, une nature extraordinaire, qui leur permettait d'approcher cette idée d'une nécessité, d'une évidence de leur présence au monde.

Romain a acquiescé quand j'ai fini, et il s'est déplié une fois encore pour passer un bras au-dessus de la rangée de verres vides. Il a posé un doigt timide sur la petite pièce de dix, tandis que je repensais un instant à cette tablée du début de soirée, quand tout le monde était là ou presque, et il a fait glisser la pièce sur le zinc de la table, en zigzaguant de façon étrange entre les restes de tabac et les assiettes vides. Puis j'ai dit Barthélemy a finalement relancé son ami en 1953, pour une question d'avancement ou de grade, et il a fini par le persuader de l'utilité de reprendre du service, de retourner vers ces hommes rassemblés en un bataillon d'élite déjà auréolé de gloire, conscients sans oser l'avouer de la chance mystique qui leur était offerte, une fois encore, de se trouver là, sous le ciel bleu, portés par une incandescence supérieure, au milieu des éclats de voix et des tapis de douilles encore tièdes. J'ai arrêté de parler un instant, afin de passer en revue les visages de ceux qui buvaient à la table, il y a une heure encore, et j'ai repensé aux bouteilles de vin vieux qui se succédaient dans un ordre étrange, dans la fin de soirée apeurée où chacun avale un breuvage qu'il ne regarde même plus. J'ai tiré longuement sur ma cigarette, en écoutant les conversations qui refluaient dans la nuit intérieure. Puis je me suis tourné vers Romain une fois encore, en disant simplement oui, avec l'amitié, on a maintenant trois des cercles de notre Enfer, mais lui n'a pas souhaité réagir, cette fois-ci, et il s'est contenté de finir son verre, en regardant dehors, avant de poser l'instant d'après la pièce de dix, sur la pile inversée des prétentions humaines.

Cercle 4

J'ai pris la pièce de cinq entre les doigts, et j'ai dit celle-là, elle va te plaire, c'est certain, et sans attendre qu'il réponde je l'ai balancée d'une pichenette à l'autre bout de la table, de sorte qu'il l'a rattrapée en catastrophe, sans même y réfléchir, d'un geste désespéré qui balance tout le reste à la mer. Puis il a ramassé sur son pull les restes d'une cigarette qu'il était en train de rouler et il a dit c'est déloyal, nom de Dieu, avant de mettre le coup de langue final à sa réalisation et de récupérer son briquet quelque part dans le désordre de la table. Je l'ai regardé épousseter son pull, une fois encore, et tirer avec patience les fils de tabac restés enchevêtrés au cœur de la laine, puis j'ai dit ce quatrième cercle, c'est celui de la lutte des classes, tu vois, et dans ces conditions, je sais que j'ai pas besoin de te demander ton avis, comme pour les autres cercles, avant d'organiser comme ça une croisière sur les eaux boueuses de la Grande Histoire.

Romain a levé le poing gauche vers le ciel, en continuant à regarder devant lui, si bien que j'ai dit ouais, bien avant la Corée ou même sa participation à la bataille de Flandres en 1940, le sourire de Guy, ce fameux sourire qu'on voyait partout sur les photos, était déjà un marqueur de classe, un repère aussi précis et intangible que pourraient l'être une rose à la boutonnière ou une molaire en or. On pense toujours que les choses arrivent naturellement, qu'elles sont là posées sur la table sans qu'il y ait rien à comprendre mais c'est des conneries, tu sais bien ça, parce que la défiance ou l'espièglerie qu'il affichait dans les lieux les plus improbables et les plus tragiques de l'histoire du xxe siècle, cette supériorité sur les hommes et le réel dans son ensemble, tout ça avait en réalité été préparé de longue date, élaboré lentement depuis qu'il était gosse par cette appartenance à un milieu qui autorise tout, qui légitime tout, et travaille finalement à la promotion de ses propres valeurs.

Romain, à ce moment, a fini par se déplier du sol, et il est allé reposer quelque trente centimètres plus haut, sur le canapé vieilli par les lectures avachies des uns et des autres. Puis il a dit *Les pensées de la classe dominante sont aussi, à toutes les époques, les pensées dominantes*, avant de servir à nouveau du vin dans les verres en cristal tapissés d'empreintes grises. J'ai dit Guy était issu d'une vieille famille de la bourgeoisie havraise, les Dugua, une famille dont le privilège de classe autorise encore qu'on puisse examiner leur visage, presque cent cinquante années après, sur des photos en noir et blanc, alors que d'autres, la plupart en fait si on veut être juste, ont disparu pour de bon dans les oubliettes du temps. J'ai dit ouais, on y aperçoit des types à moustache et barbichette, en complets trois pièces, allongés dans l'herbe pendant une partie de campagne, ou encore réunis en bande élargie, devant la maison de Rogerville, avec d'autres membres de leur caste, les Mallon bien sûr, mais aussi les Coty et les Grandury. J'ai dit on ne choisit jamais la famille dans laquelle on va naître, on sait ça, bon Dieu, mais dans ce cas précis, c'est bien une espèce de microcosme, ou de cercle très fermé, dans lequel on observe, comme par le fait du hasard, la mère de Guy, Marcelle, en train de donner la main à René Coty, futur président de la IVe République, sur les barrières en bois brut de la jeunesse.

Romain mâchouillait maintenant une volée de cacahuètes molles, à l'allure piteuse. Il a dit on se croirait revenu à la Belle Époque, nom de Dieu, à faire glisser lentement, sur un sucre, l'absinthe verte des jours heureux. Il a dit si on pouvait faire ça, j'échangerais bien ma place contre celle des types dont tu parles, à marcher de long en large sur la plage de Saint-Adresse ou fumer des paquets entiers de cigarettes brunes sous des guirlandes de verdure, en costume du dimanche, sans jamais penser une seconde à la difficulté d'aller se taper sur les doigts, le lendemain matin, pour un salaire de merde qu'on a déjà dépensé. Il a tiré une dernière fois sur sa clope, avant de la désintégrer dans un verre, et il a dit je suis admiratif même de ces noms, Dugua, Dugua et Coty, Dugua et Grandury, comme s'il y avait une réponse aux angoisses fondamentales de l'Homme dans ces syllabes étranges, ou comme si la bourgeoisie d'affaires, dans sa réussite indécente de tout ce qu'elle entreprend, était même parvenue à nous faire rêver d'elle, à nous rendre jaloux ou insatisfaits de n'être pas ce qu'elle est. Il a souri en me regardant et il a dit ce nom même, Grandury, tu peux tout faire avec ça, comme une voiture neuve, avec la charge obscène des mots « grand » et « dur » dans ce foutu patronyme, ou encore la présence stratosphérique du Y à la clôture, comme une bille de cristal, en train d'éclairer l'ensemble de sa clarté mythologique. Puis il a fini son verre en disant y'a pas de justice, on est coincés de tous les côtés, avant de se rallonger bientôt sur le canapé en peau de chien crevé.

J'ai rallumé une cigarette qui traînait sur le bord du cendrier, et j'ai dit le problème, quand on s'attaque, comme ça, à la question de la famille, c'est qu'il n'y a jamais rien de stable ou de tangible dans ces vieilles fadaises, et on se contente d'énumérer des lieux et de passer en revue des femmes et des hommes qui ont durablement joué leur rôle dans la comédie de boulevard des siècles passés. J'ai observé la nappe sordide, à ma gauche, de toutes les choses sales ou délaissées sur la table basse, et j'ai encore dit à la lisière de cette époque étrange, on retrouve Marcelle et son mari, en 1912, qui tiennent leur fils Guy devant la maison de Mosley Hill, dans la banlieue de Liverpool, et encore cette même Famille, dix ans après, sur les immenses plages de Port-Saïd, en train de profiter des joies de la mer, et donnant à voir comme un trophée ou une réussite, la silhouette maigrichonne de Guy, sa tenue de bain encore collée à la peau par l'humidité et le sel. J'ai dit c'est comme un apprentissage, comme un lustre ou un relief qu'on donnerait à la vie de certains hommes, et après on est certain que leur existence ne ressemblera à rien de ce qu'on voit habituellement, comme la poudre d'or des rivières.

Romain regardait vers l'extérieur maintenant, la nuit noire au-dessus des immeubles, avec seulement le reflet de la lampe, en arc de cercle majestueux au-dessus des assiettes sales, et j'ai dit le quatrième cercle est celui de la transparence finalement, quand on a l'impression de voir au-dehors, comme si de rien n'était, mais que quelque chose nous empêche, malgré tout, d'atteindre ce qui se trouve de l'autre côté de la vitre. J'ai dit on pourrait citer l'exemple de cette langue insensée, l'anglais, apprise dès le plus jeune âge dans les faubourgs de Liverpool, à une époque où la majorité des gens parlent encore difficilement le français de la capitale. On pourrait penser que c'est une chose anodine ou un simple détail de l'histoire, mais c'est finalement l'Histoire elle-même qui finira par réclamer un adjoint au chef des FFI, pour le secteur de l'Ille-et-Vilaine, qui puisse transmettre le plus simplement possible les renseignements importants à Londres, et c'est l'Histoire encore, en juillet 1952, qui encouragera le transfert d'un officier talentueux, parfaitement bilingue, en tant qu'agent de liaison auprès des Forces alliées, au Centre de commandement des Nations unies, à Tokyo. J'ai tiré sur ma clope en disant c'est un putain de fait, au vu de tout ce qui est ou transpire des photos présentes dans les albums, c'est un fait que l'anglais occupe une position centrale dans la vie de Guy, qu'il s'insinue à tous les étages de son existence incertaine, sur les pancartes annonçant le passage du 38e parallèle, les inscriptions à la craie des tanks Sherman, les discours de MacArthur devant le 10e Corps d'armée, ou simplement ce message à valeur programmatique ou performative, à l'entrée du camp de Yokohama, *Through this arch, the best soldiers in the world.*

Romain continuait de repousser la fumée d'une main nonchalante mais il a finalement dit la transparence, nom de Dieu, en regardant par la fenêtre entrouverte, je crois que le monde autour gagnerait à n'être plus qu'une pluie de sensations immédiates, comme quand on ouvre les fenêtres sur des rafales d'eau qui tombent en hordes douloureuses. Puis il a levé son verre, face à la lumière, et il a encore cité *La tradition de toutes les générations mortes pèse d'un poids très lourd sur le cerveau des vivants*, avant de boire d'un trait la longue gorgée qui restait, les yeux fixés sur l'ampoule. J'ai avalé une gorgée moi aussi et j'ai fini par dire sans jamais qu'il s'en aperçoive, l'enfance avait déjà tracé les contours de ce que serait la vie d'un homme comme Guy, et les robes de dentelle blanche de Port-Saïd, ou les tailleurs pied-de-poule des jardins tropicaux, traversés par le vent, le long des immenses retenues d'eau claire, tout ça semble répondre en tout point, à trente années de distance, aux somptueux kimonos de soie brodée, rapportés du Japon lors des permissions, et qu'Yvonne contemplait à l'infini, d'une pièce à l'autre, dans l'immense propriété des Ormeaux.

J'ai regardé Romain au milieu des débris du repas, dans la luminosité vague des fins de soirées arrosées, et j'ai dit Guy avait grandi dans un monde de raffinement, un monde où la beauté apparaît comme la transcription, dans l'ordre esthétique, de cette vérité des certitudes, et on dira ce qu'on veut mais le pire dans toute cette histoire, au-delà de la trahison de 1950 ou même de la mort elle-même quatre ans plus tard, le pire est certainement qu'Yvonne se soit penchée des heures durant, au milieu du salon, sur les reflets chatoyants de ces bandes de toile rouge, dans la tiédeur de l'après-midi finissant. J'ai dit oui, quand je pense à ce qu'a pu être la vérité de cette époque, telle que j'ai pu l'envisager au travers des souvenirs étiques d'Yvonne, j'ai parfois cette vision d'une famille heureuse, les enfants tout autour de leur mère déballant les boîtes sombres ramenées d'Orient, et touchant de leurs doigts avides, jusqu'à les endosser ou les nouer autour de la taille, les puissantes parures japonaises.

J'ai encore levé les yeux vers Romain, en montrant du doigt la pièce d'un mauve brutal, qui patientait devant lui, de son côté de la table, et j'ai encore dit mais c'est des conneries, tout ça, tu sais bien, des conneries qui ne vaudront jamais la réalité d'une pièce de cinq, posée sans pertinence sur un cône à l'équilibre précaire. Et Romain a souri justement, en se levant pour attraper du vin sur la droite, et il a bâillé une fois ou deux tandis que je posais moi-même le disque de métal, à l'aplomb de la lampe, sur l'édifice des contes enfuis.

Cercle 5

Je me suis levé au bout de quelques secondes, tandis que Romain continuait de chercher quelque chose sur la droite, et je suis allé farfouiller du côté de la chaîne, avec les vinyles rangés sur la tranche dans d'immenses bibliothèques, et les visages des artistes morts, collés au mur gris. J'ai fini par opter pour un trente-trois tours représentant une femme au buste allongé, dans une robe jaune des années trente, et je suis resté à écouter la voix de Fréhel, durant quelques secondes, en train de souffler et crachoter dans un tunnel sans fond, aux prises avec une orchestration nasillarde. Puis Romain s'est redressé, et je l'ai regardé se battre avec la dernière bouteille de vin, au milieu des autres alcools.

Il a servi deux verres, en se penchant largement au-dessus de la table, et il a dit tu restes notre maître à tous, pour ce qui est de mettre l'ambiance, et déjà quand on était jeunes, tu parvenais toujours à nous trouver une rareté, un truc capable de faire surgir la plus épaisse lassitude au milieu d'une soirée où on se lance des chaises en travers de la gueule. Il a rebouché le flacon, qu'il a posé près du monticule de pièces, et il a dit le son est inaudible, nom de Dieu, comme une radio à piles qu'on aurait jetée dans une friteuse, mais j'ai dit on s'en fout, on est là pour écouter et réfléchir, c'est tout. Et l'instant d'après, j'ai pris entre mes doigts la pièce de vingt, bistre et mélancolique avec ses nervures noires, le long des motifs dorés épargnés par l'oxydation, puis j'ai dit j'ai essayé de montrer, tout à l'heure, que la question de l'enfance est fondatrice dans une existence, qu'elle nous tire ou nous fait avancer mieux qu'une roue de brouette sur une ligne blanche, mais je pense aussi qu'une vie d'homme est faite d'accidents, au premier rang desquels se trouve l'Amour, et ce cinquième cercle justement, sera celui de l'Amour, si tu acceptes de t'en saisir, le cercle de l'Amour ultime ou absolu, comme les fruits d'été qu'on presse pour en recueillir le jus.

Alors Romain, de son côté de la table, a commencé à reprendre la formule magique à son compte, en y ajoutant une pointe imperceptible d'ironie, et il a dit l'Amour, nom de Dieu, toujours l'Amour, je me disais bien qu'on en arriverait là, un jour ou l'autre, avec cette malédiction des hommes, intéressés à lâcher la rampe un jour ou l'autre, et se compromettre soudain avec la première dinde venue, qui aura sorti je ne sais quoi de son tiroir à malice. Il a dit l'Amour, bon Dieu, qui nous rappelle qu'on ne vaut jamais mieux que celui d'à côté, que les meilleures volontés sont faites pour être laissées pour mortes, au milieu des parterres de fleurs grillées par l'hiver. Il a bu un coup, en secouant insensiblement la tête, mais j'ai dit je crois bien que t'as pas compris ce que je voulais dire, camarade, je parle ici de cet Amour inhabituel ou inconcevable qu'il avait pour sa femme, et ça va te paraître con ou grotesque, peut-être, mais je vais essayer de te prouver qu'on peut partir au bout du monde, sans crier gare ni même prévenir qu'on manquera le repas du soir, non pas par manque d'Amour ou lassitude vis-à-vis de celle qui se trouve à nos côtés, mais bien au contraire parce qu'on est convaincu que rien ne peut nous séparer, que le lien qui nous unit est inaltérable, intangible, qu'il peut résister à la violence et à l'usure, qu'il peut, comme les alliages les plus fous, persister sous sa forme première au milieu du chaos et des températures extrêmes.

Romain s'est redressé pour avancer son buste vers moi, et il a pointé son index dans ma direction en disant toi, t'es un fou, nom de Dieu, je veux dire, si tu arrives à me faire avaler ça, ton histoire de l'Amour éternel, tu pourras aller t'inscrire au barreau sans même passer le concours. Puis il a attrapé la pièce que je lui tendais et il l'a mise en équilibre sur la tranche, dans un endroit stable, en disant simplement face, je mordrai, mais pile, la pièce finira dans un cendrier ou un verre de Baileys, en signe de désaffection pour les théories fumeuses. J'ai vidé d'un trait le reste de mon verre, en disant vendu, et j'ai commencé à rassembler mes idées, çà et là, avec sur le côté la voix d'une artiste des années trente, parvenue au sommet de sa tessiture, pour essayer de faire revivre des sentiments absents.

J'ai dit mon idée est simple finalement, et je la résumerai de la manière suivante. Quand on prend une décision comme celle-là, une décision qui remet en cause tout ce qu'on a pu vivre auparavant, on est comme un type qui casse les murs de sa propre maison, à se demander lesquels resteront finalement, pour porter le poids de la structure entière. J'ai dit Guy a choisi, à tort ou à raison, que ce serait l'Amour qui supporterait ce poids, et je dis à tort ou à raison mais je pense finalement à raison puisque Yvonne a attendu l'éternité qu'il fallait pour le voir revenir, puis encore les cinquante années suivantes, à partir de sa mort, comme pour se souvenir malgré tout que le bonheur avait passé une main dans l'embrasure de la porte. J'ai servi un peu de vin, en écartant la fumée qui montait d'un bout de carton, depuis le cendrier, et j'ai dit elle parlait toujours de sa colère, de ces questions aussi qui n'avaient pas obtenu de réponses, mais jamais, nom de Dieu, jamais elle n'a réussi à se considérer comme une femme délaissée, parce qu'elle était convaincue d'avoir goûté à quelque chose de différent, dont les femmes de cette époque n'avaient probablement pas idée, tant était grande et infranchissable la distance avec ce que la plupart d'entre elles avaient vécu.

Elle disait toujours qu'elle avait eu une chance de tous les diables, une chance qui n'arrive pas deux fois dans l'existence d'une femme comme elle, parce que le jour où elle l'avait rencontré, au milieu d'autres hommes qui chassaient sur la propriété des Ormeaux, oui ce jour-là il s'était trouvé qu'elle était à cheval, en tenue de cavalière, dans cette position inespérée d'une reine ou d'une amazone, au milieu de la nature éblouissante. Elle disait que tout s'était déroulé comme dans une fable, avec la bête qui s'était soudain tenue tranquille, et son habit de cavalière qui la faisait briller d'un éclat inhabituel, comme si elle n'avait pas été simplement la fille du garde-chasse des Ormeaux, la petite dernière de l'homme chargé d'organiser les distractions de la Famille, le dimanche matin, une fois quitté son poste d'ouvrier à l'Usine à gaz de Rennes. Et le hasard était tel, selon elle, le hasard était si invraisemblable qu'elle avait remercié Dieu pour Ses bienfaits, parce que la posture qu'elle pouvait adopter tandis qu'il la dévisageait, la position de son bras ou de sa jambe droite, dévastés par la polio quelques années auparavant, prenait soudain un je-ne-sais-quoi d'aristocratique ou d'élégant dans cette situation précise, comme un gant de cuir qu'on tiendrait négligemment entre les mains.

J'ai jeté un coup d'œil dans le vide, à l'extrémité de la pièce, et j'ai dit j'ai passé des heures à attendre que quelque chose se produise dans le petit salon de la rue Saint-Antoine. J'ai passé des heures à la regarder boire des verres de whisky dans la chaleur, et elle disait qu'elle regrettait comme une mort les premiers moments partagés avec Guy, les visites de plus en plus fréquentes qu'il faisait aux Ormeaux, pour régler mille détails précis en lien avec la gestion du domaine, et encore les dimanches après-midi où il se rendait chez ses parents à elle, dans la cour de la petite maison de Rennes, et où elle l'écoutait avec envie amuser la table entière, sa mère et ses sœurs, et même le vieil Evard à la nature aussi dure et rugueuse qu'un bloc de granit. Elle disait finalement qu'elle avait aimé chaque seconde, chaque linéament de cette période bénie, lorsqu'il s'était avéré que le jeune homme de huit ans son aîné, d'une beauté à couper le souffle, ne venait pas seulement pour parler de l'agencement des parcs avec son père, mais bien pour la voir elle, et tisser lentement ces liens qui allaient les conduire vers quelque chose de plus noble et de plus grand que ce à quoi elle s'était toujours attendu, et cela alors même que les conséquences de la polio ne pouvaient plus être ni masquées ni dissimulées de quelque manière que ce soit.

Elle me disait qu'elle regrettait surtout de n'avoir pas profité de ces années de fiançailles, ordonnées par la Famille, que c'était la connerie de sa vie que d'avoir laissé filer ça, à attendre l'autorisation des Grandury pour découvrir ce qu'ils avaient de jeunesse et de beauté à partager. Elle disait qu'elle repenserait à ce temps perdu lorsque le corps de Guy, avec ses muscles longs et son allure sensuelle d'homme habile et énergique, lui serait renvoyé dans un cercueil plombé au milieu de quelques effets personnels. Elle disait que tout ça, c'était du temps perdu, que le temps perdu ne se rattrape pas, que tout finalement s'était ligué contre eux, pour les empêcher de se trouver dans les bras l'un de l'autre, la guerre, la prison, l'absence, les Boches dévalant en horde rageuse au milieu du bourg, les bombardements, la région entière soudain transformée en champ de ruines par le débarquement allié, toute une apocalypse de violence et d'horreurs autour de la vie des jeunes amants, comme le cauchemar d'une Tour de brique rouge, ravagée aux trois quarts par l'orage. Elle disait que le temps perdu est finalement perdu pour de bon, les yeux au sol, et pourtant l'instant d'après elle souriait en disant encore que malgré tout, elle avait plus aimé en quinze ans de guerre que d'autres en une vie passée au bras de leur prince charmant.

Romain soufflait sur la braise de sa cigarette, maintenant, en jouant d'une main distraite avec la pièce toujours posée sur la tranche. Il a dit merde, c'est difficile de résumer l'Amour, surtout quand on parle de personnes aussi lointaines, et d'une chose qui s'est éteinte il y a presque soixante-dix ans. Je suis pas certain qu'on puisse prendre ce que tu dis pour argent comptant, nom de Dieu, je crois que les choses de l'Amour, souvent, ont dû passer au second plan à cette époque, en particulier quand on a choisi de faire des enfants entre 1941 et 1943, puisque tu disais que c'était la période qui avait consacré l'arrivée des deux aînés. Il a dit avec le recul, c'est souvent qu'une situation peut ressembler à quelque chose d'autre, avec des gens déjà âgés qui parlent de leur vie comme d'un rêve éveillé, sans qu'on sache bien si c'est finalement la nostalgie qui a permis de repeindre les murs de la cave, ou si l'ensemble avait déjà une couleur acceptable. Il a dit je suis pas convaincu, en faisant toujours rouler la pièce qu'il avait sous le doigt.

Alors je me suis levé, et j'ai fait quelques pas en direction des étagères, afin d'éteindre les bribes de musique, qui grinçaient le long du mur comme un vol de mites fiévreuses. Puis j'ai tendu la main vers Romain en disant je me fous de ce que tu penses, nom de Dieu, je me fous complètement que cette histoire soit pas celle d'Iseult ou de Pocahontas, parce qu'elle a au moins le mérite d'exister, et de se passer dans la France des obus et de la délation, au lieu de n'importe quelle autre époque grandiloquente. J'ai avalé d'un coup un reste de vin, du verre que j'avais gardé à la main, et j'ai ajouté je vais même te dire une bonne chose, à propos de Guy et Yvonne, c'est que cette guerre a agi sur eux comme une sorte de ferment, ou de levain étrange, qu'elle a aiguisé leurs sens, leur énergie vitale, à un point qu'on pourra jamais imaginer, avec nos existences de branleurs à routine molle. Yvonne a passé des nuits entières à attendre son mari, dans l'obscurité de la maison de l'Usine, elle a passé des nuits entières à attendre qu'il rentre au petit matin de ses expéditions pour récupérer les largages anglais, mais elle disait toujours que c'était aussi comme une sorte de miracle, ou une chose profondément poétique que de le voir revenir, de vérifier seconde après seconde qu'il n'avait pas été tué ou traîné dans les geôles de la Gestapo pour y découvrir les joies d'une conversation ponctuée de quelques mots d'allemand. Oui, elle disait que le retour de Guy était à chaque fois l'occasion de retrouvailles merveilleuses, qui ne devaient plus jamais avoir, par la suite, la même intensité, tant la peur cachée et la joie d'être ensemble, le contact avec sa peau fraîche encore chargée de toutes les odeurs de la nuit, rendaient chaque instant comme insolite et profondément neuf, au milieu de tout ce qui pouvait déjà sembler miraculeux dans leur vie de jeunes mariés.

Je me suis penché pour finir d'un trait le verre qu'il me servait et j'ai dit tu vas fermer un instant les yeux, Romain, et tu vas essayer d'imaginer un peu cette chose qu'elle me racontait sur l'hiver 1943, quand le passage des B-17 en direction de l'Allemagne commençait à se faire plus fréquent, comme une caravane de sons et de lumière au milieu de la nuit. Elle disait qu'ils s'étaient trouvés côte à côte devant l'immense fenêtre, en train de se tenir la main, nus comme au premier jour, et observant seulement durant de longues secondes les faisceaux mouvants des projecteurs braqués sur le ciel. Elle disait qu'ils avaient observé avec émotion le flux intarissable des balles traçantes, montées à la cadence de huit cents coups par minute des canons anti-aériens de la Roubine, en direction des ombres lointaines qui poursuivaient leur avancée dans une sorte d'indifférence amoureuse. Elle disait que ce jour-là était peut-être le plus heureux de sa vie entière, parce qu'il était là, à ses côtés, tout entier devant cette peinture quasi hypnotique du monde en train d'advenir, et elle disait aussi que rien n'avait plus de sens ou d'importance à ce moment-là, ni le risque d'être arrêté, ni celui d'être réduit en cendres par la poudre et le trinitrotoluène, elle disait que le temps s'était arrêté soudain de lui-même, dans le sillage de la FLAK, que le monde entier n'était plus qu'une vaste communion, que le mariage apparaissait soudain consommé, entre la réalité et le rêve, tant l'image des munitions de calibre trente, sous les ailes des forteresses volantes, semblait devenue symbolique et porteuse de sens, avec le bruit des moteurs de 1 200 chevaux, bouillonnant dans l'air en plein cœur de la nuit froide, et encore l'image, plus rare et approximative, d'un appareil en train de tournoyer lentement vers le sol, comme un ange de feu.

J'ai jeté ma clope dans un verre, en observant toujours le visage de Romain à travers la fumée, et j'ai dit imagine un instant, si tu peux, c'est cette beauté même de l'Amour qu'on est incapables de comprendre, nous autres, avec nos existences blasées, aussi futiles et dérisoires qu'une remorque de pierres grises. Puis j'ai fini par me rasseoir et repousser mon verre devant moi, d'un geste de fatigue, mais Romain a fait oui de la tête, sans rien dire, et il s'est contenté de faire tomber, du côté face, la pièce d'un jaune terne aux allures de tristesse.

Cercle 6

On a eu comme un coup de fatigue à ce moment-là, quand on a entendu les cinq heures qui sonnaient, et Romain d'ailleurs s'est levé en grimaçant pour aller ouvrir en grand la fenêtre qui donnait sur la place, si bien qu'un vent frais a soudain pénétré dans la pièce, traversant le rideau de fumée avec un charme espiègle, et ramenant par là même une odeur de pluie ou de béton mouillé au-dessus de la table. J'ai dû bâiller une fois ou deux dans mon coin, à cause de tout le vin qu'on avait avalé, et j'ai regardé le tas de pièces qui restait en me concentrant d'abord sur la suivante, la magnifique pièce de un, à l'allure brillante ou testimoniale, comme une revanche détournée sur la rigueur du destin.

Puis Romain a dit tu vas finir par lâcher la rampe et t'endormir comme un bienheureux sur ta paillasse si tu continues à servir tout ce vin, et je serais pas étonné qu'on n'arrive pas à la fin de ton histoire tant la pression semble forte, passé une certaine heure, de la part de la communauté insoumise des morts. Il a dit ouais, il nous faut du whisky, nom de Dieu, on n'a jamais espéré réveiller qui que ce soit avec du jus de raisin, une belle bouteille de whisky, c'est ça, du gaélique *Uisge Beatha*, littéralement « eau-de-vie », puis il a ri un bon coup, avant de recracher la fumée vers le plafond, d'un air spirituel à faire soupirer les mouches.

Et l'instant d'après justement, il amenait à la lumière une bouteille évasée, d'un brun puissant, et il faisait sauter le bouchon pour servir une dose dans deux verres propres, tirés d'on ne sait où, dans la confusion miraculeuse de la fin de soirée. Alors sans faire de bruit, je me suis dirigé vers le fond plus obscur de la pièce, et je me suis arrêté devant trois livres noirs, en cuir majestueux, et j'ai attrapé le premier des trois tomes en disant il faut que je te montre un truc, nom de Dieu, pour mieux comprendre vers où on se dirige. Et sur la tranche du livre, il y avait simplement écrit *DANTE* en lettres d'or, puis *ENFER*, toujours avec les mêmes majuscules intimidantes, si bien que j'ai repoussé la couverture pour sortir un fascicule jaune clair, plus petit que le livre lui-même, et chargé d'abréviations multiples. Puis je me suis dirigé vers la lumière de la table et j'ai ouvert le document pour montrer à Romain le tableau synoptique, et encore les différents plans de l'Enfer selon Dante. Et j'ai dit on parle de ça, tu vois, de cette manière que les anciens avaient de disposer, strate après strate, les nombreux vestibules de la conscience humaine, de cartographier, avec une patience et une exigence absolues, les fondements géographiques de l'âme.

Romain s'est contenté de prendre le fascicule dans les mains, en hochant la tête une fois ou deux, puis il a dit mais ton Enfer à toi n'est pas du tout semblable à celui du livre, avec des traîtres ou des hérétiques qui finissent à macérer dans des geôles obscures. Il a montré du doigt les pages déjà vieillies sur lesquelles apparaissaient les schémas de l'outre-tombe, et il est resté bloqué sur le plan en coupe du Cercle 8, puis sa projection, du dessus, suivant deux lignes de ponts. Il a dit ton Enfer à toi ne ressemble plus à rien, on y trouve des raisons, ou des explications, une suite de paysages imprécis au sein desquels personne n'est jamais coupable ou innocent. Il a passé une main sur son visage, en essayant de faire le point sur ce schéma triste du royaume des morts, et il a dit l'histoire de Guy est celle d'une responsabilité, mais on ne voit pas d'emblée laquelle, nom de Dieu, puisque tu sembles repousser toujours la faute un peu plus loin, à mesure qu'on avance.

J'essayais de mettre mes idées au clair, avec le vin vieux qui commençait à faire des siennes, et encore les tableaux qui se mélangeaient les pinceaux sur le papier couleur de parchemin. Puis j'ai pointé en direction de Romain les deux doigts qui tenaient ma cigarette éteinte et j'ai fini par dire chacun aura ce qu'il mérite à la fin, au prorata des fautes et des erreurs commises, et pour ce qui est de Dante, j'emmerde cette vieille taupe, avec sa couronne de laurier et son air de tapir libidineux. J'ai dit c'était une époque étrange, tu sais, d'un côté ils enfermaient des gens dans des cages, se torchaient le cul avec des bûches, ce genre de choses, de l'autre ils étaient capables d'une perspicacité, d'une hauteur de vue qu'on observe maintenant de l'autre côté de la rive. J'ai dit oui, on a perdu, de nos jours, l'habitude de se repérer dans cette jungle à l'allure insensée, avant de reposer plus loin le livre noir, aux lettres d'or frappées sur le cuir.

Puis j'ai saisi mon verre, pour boire une première gorgée de whisky, et j'ai dit on approche sereinement de la Catastrophe, même si tu as l'impression qu'on traîne un peu en route, mais avant d'arriver là où on veut, il reste plusieurs terres vierges à explorer, en particulier le sixième cercle, le cercle de l'Argent, en montrant entre mes doigts la pièce luisante et comme sortie le soir même de la presse. La lumière était plus faible, à présent, comme si quelqu'un avait soudain fait varier l'intensité de la lampe. J'ai regardé un instant vers la droite, avant de dire et dans ce cas précis, l'argent dont on parle est avant tout celui des Grandury, comme on l'a déjà dit, avec le vieux

Louis qui arrosait tout et tout le monde de ses largesses, dans le cadre déjà un peu désuet de ce capitalisme paternaliste ou familial, qui avait encore cours au milieu du siècle dernier. Et Romain, qui buvait un coup lui aussi, en tordant un peu son visage brûlé par l'alcool, m'a arrêté d'emblée pour dire je suis perdu, nom de Dieu, on est passés plusieurs fois des Grandury du Havre aux propriétaires de l'Usine de B., avec ce nom seul, Grandury, qui surnage à chaque fois grâce à son aura ou son éclat de chose importante. Il a avalé encore une gorgée et il a dit va falloir préciser tout ça si tu ne veux pas que cette pièce finisse dans le vide-poches, à compléter un jour le prix d'une balade en bus ou d'un paquet de lentilles.

J'ai encore montré de loin la pièce neuve qui ruisselait de lumière dans la pénombre, envoyant des reflets flamboyants jusqu'au plafond, et j'ai dit tu vas comprendre sans tarder, si tu écoutes un instant encore l'origine des choses. J'ai tiré sur ma cigarette, en laissant passer un peu d'air frais dans la conversation, puis j'ai dit l'histoire de Guy est celle avant tout de l'argent qui manque, de l'argent qui disparaît inopinément, alors qu'au retour de Port-Saïd, le père semble soudain se trouver dans l'incapacité de subvenir aux besoins de cette troupe oisive et dispendieuse. À cette époque, nous perdons en réalité toute trace du père de Guy, mais nous savons en revanche que Marcelle, de retour au Havre, va se rapprocher de sa sœur cadette, mariée depuis quelques années à celui qui était sur le point de devenir l'heureux propriétaire des Tréfileries de l'Ouest, société anonyme au capital de 2 000 000 de francs, avec son magnifique siège social rue de Liège, dans le VIIIe arrondissement de Paris. C'est ce fameux Louis Grandury qui a, d'emblée, pris Guy sous son aile, en payant ses études à l'École des Arts et Métiers, puis en le plaçant comme ingénieur dans l'Usine de B., dès 1937, au retour d'une préparation militaire de deux ans.

Romain jouait un peu avec la transparence de son verre d'alcool, qu'il faisait tourner dans un sens ou l'autre à la lumière, puis j'ai dit c'est donc une sorte de bienfaiteur ou même une figure paternelle, si on veut, qui lui a permis d'intégrer le monde de l'Argent, celui des week-ends de chasse brutale aux Ormeaux, et des étés langoureux dans la propriété de Vaucresson, au milieu des essences rares du jardin botanique. J'ai dit oui, mais tu sais aussi que l'argent a un prix, qu'il exige parfois les contreparties les plus folles, et dans le cas de Guy justement, le jeune homme de vingt-cinq ans s'est trouvé bientôt face à cette situation impossible ou inextricable de devoir choisir entre celle qu'il aimait, Yvonne en l'occurrence, et la famille qui lui avait tout donné. Ce qu'il aurait fallu, en définitive, c'est que Guy choisisse autrement, qu'il accepte d'envisager que ses sentiments avaient pu lui jouer des tours et l'empêcher d'être totalement clairvoyant, surtout lorsqu'il s'était agi d'épouser la fille d'un ouvrier de l'Usine à gaz de Rennes, handicapée de surcroît, et dont on ne savait même pas si elle serait un jour en mesure d'offrir à Guy un enfant valide, capable de se servir comme n'importe quel autre de ses bras et jambes.

Romain semblait loucher un peu, ou se concentrer davantage derrière ses lunettes rondes, à la monture cuivrée, tandis que je faisais maintenant tourner la pièce lourde et brillante d'un mouvement lent du pouce, selon un rythme quasi hypnotique. Puis j'ai encore dit je t'ai parlé tout à l'heure de ces fiançailles de trois années, décrétées en 1937, ces fiançailles qui n'avaient finalement d'autre but ou raison d'être que de trouver avec le temps une faille dans la cuirasse, un petit rien qui serait venu faire grincer la machine de cet amour et effacer, tant qu'il en était encore temps, la perspective d'un mariage qui se profilait chaque jour un peu plus. Et on pourrait penser que j'invente ou que j'enrobe les choses avec mon goût prononcé pour la fiction, mais en 1941, à la naissance de l'aîné, la Famille entière des Grandury avait fait le voyage de Paris, avec un grand ponte de la médecine, afin de vérifier, une coupe de champagne à la main, que le premier-né de Guy avait bien forme humaine, qu'il ne naissait pas boiteux ou avachi, qu'il ne montrait pas d'emblée, à l'avant d'un crâne enfoncé sur lui-même, les stigmates clairement identifiables de la bêtise. J'ai dit oui, toute cette belle société était venue assister au dernier acte d'une pièce qui promettait de révéler enfin si Guy avait eu raison de s'unir à Yvonne, de célébrer un mariage hors du monde de l'Argent, ou si, reproduisant finalement l'erreur de sa mère, Guy avait semé les pousses de son propre malheur, en traitant avec défiance les conseils prodigués par la Famille.

Je suis resté un instant à jouer avec la palette de mon verre d'alcool, et Romain en a profité pour prendre la pièce de un, laissée sur le bord de la table, et il s'est mis à la faire tourner de son côté, mais de cette manière plus fine et gracieuse qui consiste à la transformer en une sphère tournoyante, d'une poussée du majeur. J'ai dit mais tout s'est bien passé finalement, parce que Jean, l'aîné des quatre enfants, était un nouveau-né robuste et alerte, si bien que le monde de l'Argent s'est ouvert définitivement à eux, avec les soirées de retrouvailles à Clos Fleuri, malgré le monde en guerre, puis à partir de 1945, avec l'installation dans la propriété des Ormeaux, la maison de l'Usine ayant été en partie détruite par les bombardements alliés. Et le roman de cette union douloureuse ou problématique s'est refermé aussi rapidement qu'il avait été ouvert, sans fâcherie ni regrets, excepté ceux d'Yvonne, bien plus tard, lorsqu'elle se trouverait seule face à un verre de whisky, en train d'imaginer ce qu'auraient pu être ces années de passion et de jeunesse si elles n'avaient pas été remplacées, sous l'égide des Grandury, par de chastes excursions sur les berges herbeuses de la Vilaine.

J'ai encore avalé une longue gorgée d'alcool, en fixant les éléments épars de la table basse, et j'ai dit oui, hélas, il y a peu de choses à dire sur l'argent, si ce n'est que chacun est obligé de composer éternellement avec sa présence, et c'est vrai pour le vieux Louis qui pensait faire le bonheur de Guy en usant adroitement de cette manne qu'il avait entre les mains, mais rien n'indique que Guy et Yvonne n'aient pas eux aussi laissé l'argent troubler leur jugement, qu'ils n'aient pas été sensibles à son immense pouvoir d'attraction, lorsque sa présence nous devient aussi banale et indispensable qu'une carafe d'eau claire. La pièce continuait de circuler et vaciller, alternativement, selon une orbite imparfaite, mais Romain à chaque fois lui redonnait l'impulsion de départ, avant même qu'elle ne tombe, afin de relancer une bonne fois sa course sur la surface lisse du zinc.

Et le bruit sourd, aléatoire, de la pièce sur le métal accompagnait maintenant la conversation tandis que je disais non, rien n'indique qu'ils n'aient pas été entraînés, comme des insectes endormis, par le tourbillon du luxe avant 1950, et d'ailleurs, une fois encore, quand Yvonne habitera plus tard dans cette pièce unique de l'appartement du Marais, au milieu des ors et souvenirs de sa vie passée, elle reconnaîtra elle-même que leur existence aurait été autre et lumineuse sans la présence obsédante de l'argent, qu'il aurait mieux valu vivre nus au fond de n'importe quelle bauge ou grotte humide plutôt que de devoir attendre et regretter ce qu'auraient pu être les cinquante années suivantes, à l'ombre d'une liseuse orientale, près d'un cadre de velours rouge tapissé de ses médailles.

Romain s'est redressé brusquement et il a arrêté la pièce en pleine course, tandis que je disais oui mais l'argent restait une nécessité, aux alentours de 1950, au moment justement où il a commencé à se tarir. J'ai dit oui, parce que l'argent a disparu d'un coup, à cette époque précise, ou plutôt cet argent des

Grandury a commencé une fois encore à coûter trop cher lorsqu'il s'est avéré que la Famille avait choisi de fermer l'Usine de B., de « délocaliser », comme on dirait maintenant, la structure dans la ville du Mans, par appât ou souci du gain, et selon toute vraisemblance parce que la main-d'œuvre était plus difficile à trouver à B., dans cette ville martyre dépeuplée par les bombardements de mai 1944. Oui, et peut-être Guy a-t-il essayé de faire revenir le vieux Louis sur sa décision, de lui montrer l'infinie lâcheté qu'il y avait à se défaire des six cents employés de la Tréfilerie, peut-être même lui a-t-il dit qu'il refuserait cet arrêt et les conséquences imposées aux ouvriers, mais dans tous les cas, il apparaissait plus facile de créer une nouvelle entité, dans cette ville plus grande et moderne du Mans, que de réhabiliter celle qui existait déjà, à B., depuis 1905 et la réparation des wagons de chemin de fer. J'ai dit alors Guy, pour la deuxième ou peut-être troisième fois de sa vie, ce jour de septembre 1950, a refusé de suivre le chemin tracé par la Famille, pour choisir le sien propre au milieu des guerres qui s'enflammaient de toute part, et je suppose que la question de l'argent a dû se poser de façon cruciale en cette fin d'été 1950, qu'elle devait même déjà être pressante lorsqu'il a contacté Barthélemy, l'ancien compagnon de l'époque des Corps francs, pour lui demander son intégration en tant qu'officier dans le bataillon de Corée.

J'ai regardé Romain qui tenait maintenant la pièce entre deux doigts, dans un silence intemporel, et j'ai dit ou bien il aura suffi d'un simple coup d'œil à l'entrefilet du *Parisien libéré* pour se rendre compte qu'il n'était plus temps de tergiverser, qu'une possibilité inespérée se faisait jour d'assurer le bien-être des siens, sans être redevable à la Famille, et que la sécurité financière valait certainement quelques sacrifices, confiant qu'il était en sa bonne étoile mais aussi en son aptitude particulière pour les choses de la guerre. J'ai dit alors il a choisi la Corée, sans rien dire à personne, et selon ce raisonnement absurde qui consiste à penser qu'on va protéger les siens en partant au bout du monde se faire tuer, pour un traitement d'officier qu'un ingénieur encore jeune et brillant comme lui pouvait espérer partout ailleurs, dans une France en pleine reconstruction, certaine ou presque d'appartenir au clan des vainqueurs.

J'ai dit oui, c'est ainsi que l'Argent va toujours s'éperonnant avec les Convictions qui l'entourent, au sein du merdier ambiant, convaincu d'avoir fait au mieux dans sa logique propre, mais semblablement coupable d'un crime qui le dépasse, de toute éternité, à l'encontre de l'Humanité verdoyante. J'ai observé Romain qui laissait errer son regard sur la pièce, au-dessus d'un cercle plus vaste de papiers enchevêtrés, mais lui n'a rien dit, cette fois-ci, pour commenter la marche incivile du monde, et il s'est contenté de faire non de la tête, en posant la pièce sur la pile lumineuse, avec tout le désenchantement dont il était capable, au cœur de cette fin de soirée en quête d'espérances nouvelles.

Cercle 7

J'ai dit les Convictions, nom de Dieu, on entre maintenant de plein fouet dans le domaine des Convictions, et les Convictions prennent avant tout pour Guy la forme d'un quai ensoleillé, sur le port de Marseille, lorsque après avoir refusé de cautionner ce qu'il appelait une « saloperie » pour ces ouvriers qui l'avaient toujours suivi et respecté, il choisit en cet après-midi du 25 octobre 1950 de monter à bord de l'*Athos II*, un navire de croisière reconditionné pour le transport de troupes, avec un millier d'hommes à son bord, pour arriver un mois plus tard à Pusan, au milieu des magnolias en fleur et des eucalyptus de l'été indien. J'ai dit c'était une question d'honneur, nom de Dieu, d'honneur ou de rédemption, et en disant ça, j'ai montré, entre l'index et le majeur, le mégot pathétique qui faiblissait déjà dans la pénombre, et je l'ai écrasé dans une assiette sale, près d'un os récuré de toute part, et laissé dans l'état affreux d'une relique au milieu d'une flaque de graisse terne.

Puis j'ai observé Romain en face de moi, avec sa pâleur d'ange déchu et ses boucles brunes pailletées çà et là d'un peu de peinture blanche, et j'ai montré la pièce de cinquante, large et massive sous l'œil livide de la lampe, avant de la poser entre nous, en disant simplement ça, tu vois, c'est le cercle des convictions, le cercle des dimensions profondes de l'Être, avec tout ce qu'il peut y avoir d'intime et d'irréfléchi dans les décisions les plus radicales, comme une poussette qu'on jette sous les roues d'un train. J'ai dit et les convictions prennent aussi la forme, pour le capitaine Mallon, d'une suite de flèches indécises sur des cartes d'état-major, des flèches qui mènent de Pusan à Taegu, de Taegu à Suwon, de Suwon à Tanyang, puis encore, comme une longue traînée d'huile brûlée, de Houengsong à Wonju, de Wonju à Chipyong-Ni, avant de remonter plus au nord en direction de Hongchong, Hwachon, Inje ou Heartbreak Ridge. J'ai dit merde, on reconnaît les convictions, je veux dire les vraies Convictions, au prix qu'elles nous coûtent, à cette pellicule indifférente de souffrance et de haine de soi qui surnage à la fin de tout engagement ou absence de compromis.

J'ai dit Guy a fait trois années de guerre en Corée, pour des motifs personnels qu'on n'a encore jamais tirés au clair, mais la vérité c'est qu'il ne s'est jamais défilé, qu'il a choisi à chaque fois de défendre bec et ongles ce en quoi il croyait, comme quand il s'est montré d'une intransigeance absolue face à la question du sabotage de la Tréfilerie, en 1940, passant outre à la volonté de la Famille et même en général de la plupart de ceux qui travaillaient là, ouvriers, contremaîtres et je ne sais quoi encore, en promettant que jamais un centimètre de ronce ou de barbelé ne serait livré aux Boches et que les machines tomberaient en panne d'elles-mêmes dès l'apparition d'un uniforme ou d'un foutu collier de chien. J'ai dit oui, c'est cette attitude-là, lorsque Guy est resté aussi stoïque et intraitable qu'un meuble de bois brut, qui lui a valu finalement, après avoir convaincu le vieux Louis, d'être dénoncé par ceux-là même, plus modestes, qui souhaitaient que l'Usine tourne malgré tout, indépendamment des états d'âme de ces riches industriels.

J'ai observé encore la silhouette improbable de mon ami, avec ses pompes ravagées, portées probablement pour la première fois à l'époque mythique de notre adolescence, et encore cette manière inimitable de toujours naviguer entre deux eaux, avec la plus parfaite élégance, malgré les trous à la base du pull et la toile de pantalon hantée par une odeur vague de térébenthine. J'ai dit merde, ces gens-là ont eu une fois pour toutes, à cette époque, la possibilité de défendre leur âme, parfois même avec ce surcroît d'emphase ou de théâtralité des Grands Instants, comme ce jour où Guy, devant un parterre composé pour moitié de juges français et d'officiers boches, a répondu à celui qui lui demandait ce qu'il pensait des Allemands *Je préférerais vous savoir ailleurs*, juste ça, *Je préférerais vous savoir ailleurs*, avant de se taire une bonne fois pour écouter la sentence. J'ai dit on ne ferait plus ces choses-là maintenant, et on aurait raison, parce qu'il ne sert jamais à rien d'ajouter la franchise à la droiture. J'ai dit oui, on en est là, avant de tourner finalement la tête en direction de la place endormie, plongée dans une obscurité douloureuse, mêlée à la clarté ocre des villes qui ne dorment jamais.

Romain s'est tourné un instant pour étirer ses jambes en direction de la fenêtre, tout en roulant une énième cigarette, le regard toujours serein face aux restes de la table. Puis il a dit les convictions, nom de Dieu, je veux bien parler des convictions a priori, mais je dirais quand même que celles de ton grand-père tournaient davantage autour de l'idée de pourchasser les communistes où qu'ils soient, pour leur faire passer l'envie d'être ce qu'ils sont. Il a levé la tête vers le mur pour jeter un coup d'œil méprisant à la peinture ternie par les ans, et il a encore dit ouais, il faudra jamais oublier, en parlant des étudiants de Mao venus prêter main-forte à Kim Il-sung, ou des pilotes de MiG-31 envoyés sans plaque d'identification par Staline, qu'en prenant part à ce premier mandat de l'ONU, ton grand-père a décidé sciemment de cautionner ce que la diplomatie US a fait de pire en Extrême-Orient, et qui s'apparente finalement à une longue traînée de cendres, depuis le bombardement de Tokyo à l'arme incendiaire, jusqu'au matraquage de Lam Song, en février 1971, lors des opérations de pacification du Sud-Laos. Il a allumé sa cigarette, en observant la fumée qui montait devant lui, avant de se dissoudre dans l'air extérieur. Puis il a dit tu parles de Convictions, mais les trois millions d'hommes qui gelaient de froid au nord du fleuve Yalu avaient aussi leurs Convictions, ou peut-être simplement le droit d'exister dans un monde devenu trop abstrait pour eux, sans que des B-29 viennent déverser sur eux le napalm ou l'agent orange en pluie glaciale chargée de dioxine.

Il a avalé une longue gorgée de whisky, en fixant la lueur insistante du flacon évasé à sa droite, et il a dit je comprends très bien ce qu'a voulu faire ton grand-père, il a suivi la voie royale de tous ceux qui étaient persuadés du bien-fondé de leur cause, avant de se trouver soudain perdu en Indochine, tiraillé peut-être par des questions auxquelles il n'avait pas pensé jusque-là, qu'est-ce que je peux bien foutre sur cette route en particulier, ou dans cette tente en particulier, ou dans cette jungle odorante habitée la nuit par les cris d'insectes, en train d'extorquer les quelques mots de français d'un gamin de dix-sept ans, en uniforme de toile fine, et repensant comme en miroir à la solitude des geôles nazies de 1942. Il a fait tomber la cendre dans un verre, en faisant claquer l'index droit sur le papier sec de sa cigarette roulée, puis il a dit on ne saura jamais, nom de Dieu, mais on parle ici de convictions qui changent d'une décennie à l'autre, peut-être même d'une année à l'autre parce que le moins qu'on puisse dire à propos de cette période, c'est qu'elle a en quelque sorte rebattu les cartes de la morale d'une manière qu'on avait jamais vue dans l'Histoire entière.

Je regardais toujours les livres d'un air nauséeux, à l'extrémité du salon, alors j'ai fini par me lever brutalement, pour me jeter vers la pénombre des larges bibliothèques, tandis que Romain jouait maintenant nonchalamment avec la pièce de cinquante, comme un gosse que la fatigue alanguit, au plus fort de la nuit enthousiaste. J'ai dit les convictions, oui, c'est vraiment le vocabulaire d'un monde ancien, et je serais bien incapable de dire moi-même si je crois encore à quelque chose, ou si tout ne s'est pas au contraire refermé brutalement au milieu des rires et des chants d'oiseaux. J'ai dit oui, si j'avais su ce que ma vie allait devenir, à côté des bouquins entassés en pente vertigineuse, j'aurais muré ma porte dès le premier jour avant de flanquer une correction à ceux qui m'ont offert ces pages à la sonorité troublante. La littérature, tu parles, j'ai l'impression qu'une foutue bande de Romanos s'est ramenée depuis trente ans dans mon salon pour y camper, se torcher la gueule avec mon whisky et déambuler la nuit en bavardant à pleins poumons. J'ai regardé Romain dans les yeux, et j'ai dit le monde est là, avec toutes les composantes de sa beauté insupportable, mais on a lâché la proie pour l'ombre, tu comprends, avant d'allumer une cigarette en direction des livres éparpillés.

Romain a tourné la tête vers mois, avec cet air habituel qu'il prend lorsqu'il s'apprête à répondre quelque chose de spirituel, mais à cet instant précis, il a raté la pièce qu'il faisait voler en l'air depuis quelques minutes, et qui est allée s'abîmer maladroitement à l'arrière, dans le désordre opulent des coussins jetés les uns sur les autres. Il a dit merde, en tournant la tête autant qu'il pouvait, puis il s'est levé avec un soupir d'une longueur insensée, et il a commencé à fouiller dans les interstices du canapé, passant la main dans chaque anfractuosité pour essayer de récupérer la pièce ronde de cinquante, lourde et originale comme un jour sans fin. J'ai versé encore une lichette de whisky tiède dans nos verres déjà fatigués, et j'ai bu une belle gorgée, muette et puissante, avant de me rasseoir entre le fauteuil et la lampe, sur le parquet ciré piqueté de fines traces noires. Romain continuait de soulever l'un après l'autre les coussins à moitié tordus pour épousseter en profondeur des miettes déjà vieilles d'un demi-siècle, puis il a rigolé un bon coup, d'un air désabusé, et il s'est mis à scander *Toute l'écriture est de la cochonnerie. Les gens qui sortent du vague pour essayer de préciser quoi que ce soit de ce qui se passe dans leur pensée sont des cochons. Toute la gent littéraire est cochonne, spécialement celle de ces temps-ci, etc., etc., etc.* J'ai dit ouais, le visage et l'esprit soudain rassérénés par la texture plus légère de la nuit noire, j'ai dit ouais, il avait foutrement raison, celui qui a écrit ça, sauf que ça me semble encore discourtois envers les cochons parce qu'en ce qui me concerne, cette engeance de la grande littérature évoquerait plutôt une lamproie oubliée au fond d'un sac de sport, avec des chaussettes sales et un déodorant à la cannelle, un truc à faire tourner de l'œil un représentant en merde de chien.

On a rigolé un coup, dans le silence paisible de la nuit qui s'estompe, puis Romain s'est remis à désosser le canapé avec application, reposant un à un les coussins qu'il avait extraits de cette armature intraitable. Je me suis penché un peu aussi, pour faire tomber ma cendre dans une bouteille vide derrière lui, et j'ai dit on ne saura jamais si la forme prise par nos Convictions est fidèle à ce qu'elle devrait être, si elle est même conforme à l'idée qu'on s'en faisait au départ, quand tout était d'une simplicité biblique, dans l'atmosphère quasi surnaturelle des émois du premier jour. J'ai dit je me rappelle très bien, nom de Dieu, c'était rue Paul-Dérignac, dans cet appartement du bout du monde, le dernier qu'Yvonne ait pu habiter pleinement, elle restait de longues heures silencieuse, à regarder les oiseaux aux plumes bleues fouiller le sol entre les arbres. Elle regardait devant elle, une cigarette à la main, et elle disait qu'elle attendait l'Homme au chat, qui venait invariablement la voir aux alentours de quinze heures pour boire un whisky et promener son animal de fortune le long des haies d'arbustes. J'ai dit elle commençait à perdre un peu la boule, lentement, dans la solitude glacée de cette fin de millénaire, et les histoires qu'elle racontait revenaient à l'identique, une semaine après l'autre, comme s'il avait fallu examiner à la loupe le sens qu'elles revêtaient, dans leur écrin de fumée grise.

J'ai dit elle racontait souvent cette histoire un peu folle d'un officier allemand, en 1942, qui s'était approché d'elle avec la plus extrême déférence, pour offrir des sucreries à ses enfants et discuter peut-être du temps qu'il faisait, probablement parce qu'elle était encore une très belle femme, doublée d'une mère attentive, en train d'avancer dans le désordre de la rue. Elle racontait qu'elle avait aussitôt attrapé la main de l'officier pour balancer les bonbons dans le caniveau, et qu'elle avait hurlé *Touchez pas à mes gosses* à l'intention du type et des soldats en uniformes qui se tenaient là, incrédules, dans l'atmosphère épaisse de cette ville de province. J'ai regardé Romain tandis qu'il quittait un instant des yeux la doublure du canapé, et j'ai dit mais l'important n'est pas tant dans l'anecdote que dans la signification profonde qu'on peut donner à l'épisode, parce que cette haine des Boches n'était finalement que la version palpable, saillante d'une composante beaucoup plus large de l'univers mental des gens de cette époque. J'ai dit mon grand-père, Guy Mallon, était un patriote, un de ces types dont l'amour qu'il portait à la France tenait lieu de religion et constituait un alliage ou un métal d'une fermeté inouïe, à l'image du bronze des Thermopyles, ou de la pointe en fer des lances trapues à la hampe de frêne. J'ai dit on a perdu de vue ces choses-là, après avoir servi de cobayes aux idéaux de la génération suivante, mais la vérité était celle-ci, que Guy et Yvonne étaient prêts à tout mettre dans la balance, leur propre vie mais aussi celle de leurs enfants ou de n'importe qui d'autre, pour une idée qui ne parviendrait plus à émouvoir le plus radical des doctrinaires.

J'ai tiré longuement sur ma cigarette avant de la balancer dans la bouteille de bière fumante. Puis j'ai revissé la capsule en disant encore Guy, à la fin des années cinquante, était probablement toujours animé des idéaux les plus fous, à l'époque où la veine patriotique, durant ces années d'après-guerre, prenait lentement une forme plus vaste et universelle, de sorte que l'alliage idéologique de la défaite de 1940 était probablement différent de celui élaboré pour ce premier mandat de l'ONU, lorsque les instances internationales ont décrété le caractère illégal du passage des troupes de Kim Il-sung en-dessous du 38e parallèle. J'ai dit oui, il se peut en effet qu'en plus de l'étain et du cuivre, Guy ait progressivement ajouté d'autres composés plus troubles à cet alliage intime, le plomb peut-être, mais aussi le phosphore élémentaire, issu de la décomposition des corps ou de la réduction des urines. J'ai dit oui, Guy, à partir de son départ pour la Corée, a dû apprendre à former lentement, jour après jour, des composés idéologiques radicalement nouveaux, inédits ou expérimentaux, pour continuer à faire le sale boulot dans les lieux les plus improbables du monde moderne, dans les plaines du Gyeonggi, aux abords de Séoul, puis sur les étendues malencontreuses de la péninsule indochinoise, lorsque l'ennemi se cache partout, et qu'il n'existe plus aucune loi ou promesse intérieure pour empêcher de lui extorquer un reste de vie. Oui, il a dû apprendre à façonner des composés toujours plus audacieux, des alliages que n'entamaient ni le meurtre, ni la torture aux mains fiévreuses, ni même l'attente au coin d'un bois, le visage fatigué, à observer l'embrasement instantané d'un mélange d'essence, de palmitate de sodium et de naphtalène, dans la douceur cendrée du petit matin.

Romain était maintenant penché tout entier pour fouiller entre les lattes, dans l'attitude d'un type qui risque sa vie pour plonger au milieu des ruines, mais il a fini par se relever, la mine suante, pour dire je retrouverai jamais cette pièce à la con, elle s'est barrée quelque part, dans un recoin inaccessible du sommier.

Il est resté comme ça un instant en disant c'est mort, les mains sur les hanches, avant de rebalancer les coussins sur la base du canapé, le visage et le regard chargés du dépit des grandes avanies. J'ai dit bon Dieu, on saura jamais ce que c'est que cette flamme qui les a guidés, ni à quel point de violence elle a pu les conduire, elle et lui, lorsqu'ils étaient encore ensemble pour lutter contre les soldats venus du Rhin. J'ai tendu un verre dans la direction de Romain qui reprenait lentement sa position habituelle, et j'ai dit mais on sait une chose en revanche, c'est que cet officier du jour J, cantonné dans la petite ville de B., et qui s'est trouvé dans la situation risible d'être bousculé par une femme d'un mètre cinquante, à la démarche hésitante et nantie d'une main recroquevillée sur elle-même, oui cet officier allemand tout en grâce et en finesse d'approche face à la population autochtone, s'il avait un peu de jugeote, a dû percevoir d'emblée que la guerre était perdue d'avance, que ce visage d'une mère tentant de protéger ses gosses de la main comme si elle avait été face à un danger mortel ou à une chose résolument sale et méprisable, que ce visage d'Yvonne était en réalité le visage même de la défaite, le visage du retour piteux à la maison, sans gloire ni médailles, dans la boue noire du printemps qui avale jusqu'aux roues des camions.

J'ai bu un coup et j'ai dit ouais, et en cela, il venait de faire ce trajet qu'on doit tous faire un jour, toi, moi, Guy Mallon ou ce foutu Nazi tiré au sort dans son bled de campagne, oui, il venait d'entamer ce trajet qui consiste à découvrir que la guerre qu'on menait était en réalité une ornière, qu'elle l'était finalement dès l'origine, que la défaite est partout, solidaire et brutale, installée droite le long des murs, et que ce qui nous servait de béquille dans l'existence, la foi, les convictions ou même une paire de couilles grosses comme le Ritz, ne pèse en réalité pas plus lourd qu'une poignée de sable, au regard du temps qui passe et s'enfuit tranquillement avec son butin. Romain était à présent dans l'attitude pieuse ou repentante de celui qui fume pour oublier. Il a vidé d'un trait sa dose de whisky avant de se pencher brusquement vers le bol rempli de pièces disparates. Il a fouillé quelques secondes la monnaie aux sonorités trébuchantes, en quête de quelque chose qui aurait pu ne pas se trouver là, et il a levé la main, l'instant d'après, en brandissant comme une victoire la nouvelle pièce de cinquante, qu'il est venu déposer, à la fois belle et inchangée, sur l'entonnoir grotesque des rêves enfuis.

Cercle 8

Romain s'est levé, un instant, pour modifier un peu l'inclinaison de la lampe, et je ne saurais pas dire comment il a fait son compte mais en tournant le faisceau vers le mur, il a paradoxalement donné à la pièce entière une netteté ou une nudité qu'elle n'avait pas la seconde d'avant, comme une vérité des lieux jusque dans les recoins capricieux de l'immensité claire. On en était à la venue des petites heures, par la fenêtre ouverte, si bien que j'ai servi deux whiskies, avant de dire la vérité, nom de Dieu, la vérité est une porte en bois brut, aménagée à la base d'une falaise, et la porte donne directement sur la mer, de sorte qu'on peut y rentrer les barques et les filets de pêche, mais depuis le temps le bois s'est érodé, et le cadenas qu'on avait posé a rouillé désespérément au contact des vagues, ne laissant que les restes d'une chaîne dont on ne sait même plus ce qu'elle était censée tenir. J'ai dit oui, en buvant un coup, mais personne bien entendu ne va jamais voir ce qui se trouve derrière la porte, par trouille de nager jusque-là, et quand bien même quelqu'un se dévouerait, il ne trouverait que des outils rouillés entassés aux tréfonds d'une grotte, autant dire rien ou presque rien au regard de ce que ça valait pour les gens d'avant.

Romain a continué à marcher en faisant des cercles autour de la table, comme pour redécouvrir son corps après de longues minutes de mort silencieuse, et il a dit j'aime mieux ne rien savoir plutôt que de vivre avec des images comme celles-là, qui ne te lâchent jamais, qui tournent à l'intérieur de ton crâne jusqu'à perdre leur signification initiale. Il a attrapé son verre l'instant d'après, toujours dans sa posture de génie messianique à moitié bourré, et il a avalé le verre d'un trait, en regardant dehors la fuite interminable des toits au-dessus de la lumière vague. Et justement, au moment même où il disait ça, une bande de types s'est ramenée de derrière l'église, à la fermeture des bars de nuit, et ils ont commencé à rire et gueuler sur la place, en prononçant des phrases grandiloquentes, comme une marche glorieuse, dans l'obscurité des urinoirs célestes. J'ai dit merde, voilà la cavalerie, en jetant un coup d'œil dehors, ça va pas aider à se concentrer sur notre sujet, puis j'ai balancé mon mégot dans une bouteille de bière remplie aux deux tiers de cigarettes en partie consumées. Et la bouteille presque aussitôt s'est mise à fumer d'ailleurs, à cause d'un reste de feuille qui prenait feu, puis transmettait son incandescence à d'autres mégots encore, avant de s'épanouir pleinement dans l'air confiné.

Alors j'ai fini par attraper la pièce de Deux, large et rutilante dans son orgueil de chose lourde, et j'ai dit ce cercle pourrait accepter un bon millier de noms différents, sans qu'on soit jamais totalement satisfait de la dénomination choisie, et ça pourrait être le cercle de la Malchance et du Calvaire, le cercle du Destin resurgi pour t'écraser les phalanges, comme une pierre décrochée du mur, ça pourrait être aussi le cercle de feu qui couve lentement, comme cette foutue bouteille sur le côté, et encore mille autres choses possibles du moment que ça colle avec l'idée générale d'une merde générale qui n'en finirait plus de tomber sur ceux qui étaient là par hasard. J'ai avalé une autre gorgée de whisky pour faire passer les wagons dans le bon ordre, et j'ai encore dit mais pour simplifier, on dira juste le cercle du Feu et de la Douleur, en regardant attentivement la fumée sinueuse s'accumuler derrière la paroi en verre, avant de s'échapper lentement par le goulot, en un fil uniforme qui montait distinctement vers la lampe. Alors j'ai fait encore miroiter la pièce de deux, dans la lumière descendante, et Romain a fait oui de la tête, d'un air assagi, tandis qu'au-dehors on entendait maintenant les cris des soûlards, comme en écho à je ne sais quelle manœuvre épique entre les réverbères. Puis j'ai posé la pièce sur le goulot de la bouteille, et la fumée s'est tarie d'un coup, au milieu des commentaires et des exclamations qui remontaient en cascade de la place déserte.

J'ai dit l'histoire est la suivante, si tu veux l'entendre jusqu'au bout, tout avait été parfaitement planifié, j'imagine, et préparé comme on fait dans ce genre de cas, avec la plus extrême minutie. J'ai allumé une cigarette, au milieu des cris de joie et des bouteilles de bière brisées, qui venaient avec le vent tiède, et j'ai dit tout concordait en plus, puisque parmi les deux sites visés, se trouvait celui du bois des Ormeaux, réquisitionné par les Boches, en 1942, pour y entreposer des munitions d'infanterie et des bombes de 500 kg dans leur berceau de bois tendre. La braise continuait de rougeoyer paisiblement à l'arrière de la bouteille d'un vert translucide, et j'ai dit et c'était d'ailleurs ça, le cœur du dispositif, le sens profond de cette double frappe, sur l'aéroport Saint-Jacques-de-la-Lande et sur le parc des Ormeaux, mettre un terme à la capacité de l'occupant à armer et faire décoller les chasseurs-bombardiers Focke-Wulf, susceptibles de fondre à tout moment sur les troupes de la côte ouest, en cette période charnière de mai 1944, quand on sentait que quelque chose se profilait de plus sérieux que les raids journaliers sur l'Allemagne des B-17 et B-24 étincelants.

Un type à la voix grave et puissante a braillé les paroles d'une comptine ou d'une berceuse à destination des couples enfouis dans le sommeil, et Romain a levé son verre pour regarder, au fond, la dose incertaine que je venais d'y verser. J'ai dit un raid donc, un raid des Alliés sur le sol des vaches, et probablement décidé de concert avec quelques types haut placés des FFI de l'Ille-et-Vilaine, en particulier ceux, j'imagine, qui avaient une connaissance parfaite des lieux, comme c'est le cas quand on a foulé des années durant la pelouse vague des Ormeaux, et participé, en habit du dimanche, aux interminables chasses des Grandury, un fusil cassé sur l'épaule. J'ai regardé Romain dans les yeux en disant je vais être franc, on n'aura jamais la preuve formelle que Guy a pris part à cette manœuvre, ni qu'il a été l'artisan de ce plan qui visait à faire le ménage dans le coin avant l'arrivée des Alliés. Mais ce qui est certain, c'est qu'il était le mieux placé pour tout mettre en ordre, parce qu'il parlait un anglais littéraire, affiné patiemment durant ses années d'enfance à Port-Saïd ou Liverpool, mais aussi parce qu'il était aux premières loges pour tout ce qui touchait à ce secteur, qu'il connaissait chaque détail, chaque recoin de la cible à toucher, et qu'il était logique de faire de lui l'interlocuteur privilégié du Bomber Command, chargé de mettre le plan à exécution. J'ai jeté un coup d'œil par la fenêtre, puis j'ai dit par ailleurs, pour en avoir discuté avec Yvonne elle-même pendant quelques soirées du fond des âges, la Famille entière avait été mise en sécurité à cette époque, dans une ferme éloignée du village de B., désertant ainsi la maison de l'Usine pour des motifs vagues, Guy se contentant d'alléguer que l'endroit n'était pas sûr, et que les Tréfileries de l'Ouest pouvaient un jour ou l'autre être victimes d'une frappe aveugle, au milieu de tous les désordres de la guerre.

Un autre type a entonné une chanson paillarde, avec des banquets remplis de frénésie et des convives emportés lentement vers de folles décadences, mais Romain restait focalisé sur le sujet, et il fumait maintenant en regardant fixement dans ma direction, comme si une chose grave se préparait dans la précipitation des couronnes de fleurs. Alors j'ai fini par sortir une espèce de petit carnet de ma poche intérieure, avec des bandes de couleurs et un élastique gris, et j'ai pointé mon doigt vers une page avancée en disant les gens, qui de façon globale sont des cons, ne comprendront jamais rien à la beauté intime, sulfureuse, d'une fiche technique, avec ses colonnes de chiffres et ses fulgurances, sa poésie brutale de l'Âge de fer. J'ai déplié le document que j'avais serré en quatre, à la dernière page de mon carnet, et j'ai tendu à Romain le feuillet corné, encore tiède de son séjour dans ma veste. Puis j'ai pointé un doigt vers lui et j'ai encore dit mais toi, c'est différent, je sais que tu sauras débusquer le charme impersonnel de ces lignes, comme le cri d'un chiot en train de pleurer d'effroi au fond d'une barrique. Alors Romain a ajusté ses lunettes sous la lumière, et il a commencé à effectuer une lente traversée, au milieu des roses étincelantes de l'ère moderne, et il a dit alors comme ça, c'était des Lancaster anglais ce soir-là, et pas les habituels B-17 de l'Oncle Sam. Puis il s'est tu encore quelques instants avant de lire simplement *modèle Lancaster B II, doté de moteurs Bristol Hercules fabriqués à Détroit, par la Packard Motor Company,* avant d'ajouter oui, je comprends, pour le cas où les usines de l'ombre du Chesohire auraient à faire face à une pénurie dans l'approvisionnement des moteurs Rolls-Royce du modèle B I.

J'ai avalé une belle gorgée d'alcool, en laissant Romain parcourir lentement les colonnes et les performances de cette mécanique vertigineuse. J'ai observé aussi avec fascination la braise orange de ma cigarette tandis que les types de la place hurlaient un peu partout maintenant, cassant une vitre çà et là ou renversant ce qui pouvait l'être au milieu des débris de poubelles. Puis Romain a fini par revenir avec les données du problème, comme il fait toujours, et il s'est contenté de dire le mélange est détonant effectivement, ce qu'on pourrait trouver de pire si on avait voulu créer de toutes pièces les conditions d'un drame. Il a tiré sur sa cigarette et il a dit un plafond trop bas, de 6 000 pieds au lieu de 10 000 pour les B-17, qui expose l'appareil aux tirs des canons antiaériens, un armement externe faramineux, laissant la possibilité à ces passoires géantes de balancer jusqu'à 6 tonnes de bombes, pour seulement 2 700 kilos avec les forteresses américaines, et la cerise sur le gâteau, nom de

Dieu, les types embarqués dans ces coques de noix devaient se défendre avec des mitrailleuses de calibre 7,7, soit l'équivalent de munitions prévues pour la chasse au sanglier, face aux Messerchmitt et aux Focke-Wulf lancés sur eux à 800 kilomètres/heure, avec leurs canons automatiques de 20 mm, et leurs obus explosifs chargés d'un mélange de RDX et d'aluminium compressés.

Il a levé la tête vers moi, en se frottant le visage comme pour effacer les stigmates d'un mauvais rêve et il a encore dit les types qui montaient là-dedans devaient mourir de trouille, ils n'avaient pas une chance sur trois de s'en tirer s'ils faisaient une mauvaise rencontre en vol. J'ai dit ouais, c'est d'ailleurs pour ça que ces appareils restaient cantonnés à des vols courts, par exemple sur le nord de la France, et pour des missions de nuit qui ne devaient pas excéder quelques heures. Mais qu'on le veuille ou non, la nuit du 7 au 8 mai 1944, ce sont ces avions-là qui étaient sur le point de décoller, lorsque Guy a quitté la maison de l'Usine pour ce qui devait être une mission combinée de la Résistance française et de l'aviation britannique, devant porter un coup sévère à l'ennemi, dans sa capacité à défendre la zone allant de Brest au Havre, le long des côtes sablonneuses encore bercées par le silence de la mer. J'ai avalé une gorgée de whisky, d'une manière plus expéditive cette fois-ci, et j'ai dit oui, on ne saura jamais avec certitude ce qui a tout fait foirer, nom de Dieu, la fébrilité des uns, ou quelque chose de plus intangible encore qui aurait conduit au largage des témoins lumineux de façon approximative ou désordonnée, alors que la nuit était claire et sans nuages d'aucune sorte, du travail cousu main pour le *Master Bomber* chargé de voler en premier au-dessus de l'immense parc des Ormeaux. Mais une explication surnage tout de même, au travers des différents rapports, une explication qui nous projette de façon brutale dans ce que la vie a de plus tragique et insensé, comme un mort laissé à l'abandon sous le ciel terne.

Les types, en contrebas, semblaient commencer à se foutre sur la gueule maintenant, dans la cuvette obscure. J'ai dit cinquante-cinq avions se dirigeaient ce soir-là vers le dépôt de munitions des Ormeaux, pour seulement cinquante en direction de Saint-Jacques-de-la-Lande, mais les deux attaques devaient se dérouler sensiblement à la même heure, avec peut-être quelques minutes d'écart en fonction des vents et de la durée du marquage au sol. Mais l'attaque de l'aéroport s'est faite en premier, pour une raison qu'on ne connaîtra jamais, probablement futile d'ailleurs, si bien que les dépôts de carburant ont été brutalement livrés aux flammes, de même que les chasseurs-bombardiers stationnés aux abords des pistes, l'attaque s'avérant être un franc succès pour ces appareils arrivés à basse altitude, certains de toucher leur cible par cette magnifique nuit de printemps, à la tiédeur insolite. J'ai tourné mon verre entre les doigts, en écoutant seulement les cris et les éclats de voix se répandre sur la place, puis j'ai dit mais les gars de la première escadrille, lorsqu'ils regardaient monter au ciel les tourbillons orange venus des cuves de stockage en inox, ne se doutaient probablement pas, au milieu des clameurs et des cris de satisfaction, qu'ils étaient en train de précipiter la chute du village d'à côté, sans même tirer un coup de feu, par la simple intervention du destin qui ronge tout et de la malchance aux ailes de soie noire.

Les types de la place, maintenant, semblaient en être arrivés à ce point de la nuit où on s'agrippe avec la plus extrême violence, lorsque les corps roulent par terre, au milieu des invectives, et que l'ivresse bon enfant de la bande éparpillée cède soudain la place à une haine viscérale, déshabillée totalement à la manière d'une fille sauvage. J'ai allumé une nouvelle cigarette avant de dire merde, tout ça s'est fait comme dans un rêve, il a suffi qu'un léger vent du nord pousse la fumée des carburants brûlés en direction du sud, il a suffi qu'une brise de quelques kilomètres/heure naisse à cet instant précis, pour que le village, qui une minute auparavant scintillait encore sous la lune, se trouve soudain noyé sous une épaisse brume au sol, de sorte que le largage des témoins lumineux, dans la purée de pois, s'est peut-être fait de façon moins précise, plus tardive aussi de quelques secondes, laissant le poids du bombardement retomber sur le village de B., et ses habitants sur le point de s'endormir dans la chaleur des maisons.

J'ai observé devant moi le visage de Romain qui se tendait seconde après seconde, et j'ai dit finalement, l'essentiel de la frappe s'est trouvé localisé sur le cœur du bourg, quand les 55 Lancaster ont largué chacun seize bombes de 250 kg et une de 2 tonnes, soit un total de 330 tonnes de bombes qui finirent pour la plupart leur course dans un rayon de trois cents mètres autour de l'église.

Romain avait mis à présent une main sur son front, dans la posture d'un type qui aurait oublié un truc vital sous la pluie, mais il est resté sans rien dire, avec la fumée de sa clope qui montait simplement en direction de la lampe. J'ai dit le malheur a voulu que l'attaque se fasse en deux vagues successives, avec les gens qui sont sortis aussitôt dans la rue après le premier largage, pour essayer de fuir le chaos provoqué par la poudre et son mélange détonant. Mais une deuxième vague les a cueillis dehors, sans plus aucune protection, de sorte que la majorité de ceux qui se trouvaient là ont fini littéralement soufflés, ou enterrés vivants sous les décombres, avant d'être livrés à la rapacité des bombes incendiaires, sous l'égide imprévisible du benzène, du méthylphénol et du phosphore porteur de lumière. J'ai pris mon verre pour observer une dernière fois les reflets lumineux qui s'évadaient de toute part, et je l'ai retourné sur la table, sans rien dire, en laissant couler une larme pâle sur la paroi. Dehors, les cris commençaient à s'espacer dans l'atmosphère noire, laissant la place à une plainte vague qui montait doucement du coin de la rue, comme le hululement d'une chouette. J'ai dit voilà, c'est comme ça que les choses arrivent, pour des motifs d'une insignifiance qui nous révolte, au regard de ce qui aurait pu être une simple nuit de frayeur, avec une sirène peut-être, et la trajectoire livide des balles dans la nuit étoilée. J'ai dit mais non, au lieu de ça, tout a été détruit en quelques secondes, dans une sorte d'indifférence aux choses, et comme si le ciel versait soudain sa coupe d'or sur le front des maisons.

Romain ne parlait toujours pas, mais il regardait la braise orange de sa cigarette avec une attention particulière, sans jamais ciller ni même dévier du regard, tandis que la plainte en contrebas se muait peu à peu en un cri de douleur, comme une impuissance soudaine à soutenir le monde, au regard de notre seule contingence. J'ai dit Guy a dû assister à tout ça, nom de Dieu, il a dû embrasser la scène dans son ensemble, les yeux figés sur ce qu'il voyait, avant d'aller aider au milieu des autres, ou de revenir peut-être en direction de l'Usine pour essayer de comprendre avec Dourlot ce qui avait pu se produire, comme effaré dans l'obscurité, et pensant probablement à Yvonne et aux enfants en train de dormir chez les Blommaert, sans qu'on puisse dire si ça a pu même être un soulagement pour lui de les imaginer là, ou si ça constituait au contraire le dernier maillon d'une chaîne de culpabilité, à l'heure exacte où Belliard, par exemple, le médecin du village, continuait de soigner les blessés après avoir retrouvé, en lieu et place de sa maison, un vaste entonnoir où meubles et matériaux achevaient de se consumer, recouvrant dix cadavres dont ceux de sa femme et de ses quatre enfants. J'ai encore balancé un mégot dans la bouteille en verre, soulevant à peine la pièce de deux qui trônait au-dessus du goulot, et j'ai dit on ne saura jamais, de toute façon, comment il a pu continuer à vivre au milieu d'une telle horreur, mais peut-être que ça aurait été plus simple s'il avait eu à payer le prix lui aussi, de cette folie du 8 mai 1944, au milieu des cent quatre-vingt-trois autres, étendus côte à côte, un drap sobrement déposé sur le visage.

Romain s'est tourné un peu en direction de la fenêtre, pour sentir l'air frais de la place, tandis que les pleurs d'en bas, comme ceux d'une bête à l'arrière-train broyé, finissaient leur course le long des murs de pierre jaune, dans l'indifférence de la ville aux relents d'essence et de graisse brûlée. Puis j'ai ouvert à nouveau mon carnet devant moi, pour lire le contenu d'une page que j'avais cornée à l'avance, et j'ai dit on devrait tous, peut-être, entendre ce genre de récit, on devrait tous écouter avec la plus extrême attention ce qui se dit finalement dans une histoire comme celle-là, sous peine de se trouver soi-même, un jour ou l'autre, à faire ce genre de synthèse ou de compte rendu macabre :

29 garçons de moins de 20 ans
29 filles de moins de 20 ans
25 mères de famille disparues avec leurs enfants
18 pères de famille disparus avec leurs enfants
14 autres ménages

55 maris ou épouses, jeunes filles et jeunes gens, célibataires, veufs ou veuves, grands-pères ou grands-mères
51 enfants de moins de 17 ans

Et jusqu'à 7 de la même famille...

Les sanglots se prolongeaient dans la nuit, avec à présent une forme de constance dans la tenue des notes les plus aiguës, mais Romain s'est levé d'un coup, sans prévenir, et il s'est approché de la fenêtre pour hurler TA GUEULE, NOM DE DIEU, TA GUEULE, TU VAS FERMER TA PUTAIN DE GUEULE SI TU VEUX PAS QUE JE DESCENDE. Puis il a fait demi-tour pour aller se rasseoir et il est resté à écouter mourir cette plainte sauvage, disant seulement c'est ça, ferme ta gueule, nom de Dieu, ferme bien ta putain de gueule. Puis il a attrapé la pièce de deux, en équilibre encore sur la bouteille de bière, et l'a déposée sur la pile, en regardant la manière dont la fumée empoisonnée montait du goulot, douce et scintillante, pour s'étirer en volutes prudentes au-dessus de la table. Il a joué un instant avec cet étrange foyer, touchant du doigt la tubulure verte au centre de l'espace, et il a finalement attrapé son verre vide, pour le mettre à l'envers lui aussi, laissant couler sur l'inox les larmes claires aux puissants relents d'alcool.

Cercle 9

On est restés comme ça un moment, à regarder devant nous, mais tout semblait déjà avoir été évoqué, de sorte que je suis allé à la fenêtre pour ouvrir en grand le second battant, et laisser passer l'air de la ville qui s'est répandu brutalement dans l'atmosphère de la pièce. J'ai allumé une cigarette aussi, en regardant l'espace en contrebas. La place était calme à présent, avec çà et là parfois l'irruption d'une lumière dans les immeubles d'en face, si bien que j'ai fini par dire simplement le neuvième cercle est celui du Silence, tu t'en doutes, le silence glacé des étendues vides de sens, lorsqu'il apparaît soudain que la vie ne pèsera jamais son poids en sel, et qu'on se contente un jour de faire un tour de claquettes sur la scène déserte, avant de disparaître à jamais par la porte de derrière.

Romain se tenait assis maintenant, très droit, les mains occupées à faire tourner sur lui-même un verre vide, à la surface ternie par les traces de doigts. J'ai dit on ne saura jamais exactement la manière dont les choses se sont passées à partir de ce jour maudit du 8 mai 1944, on ne saura jamais rien de l'état d'esprit général des gens qui ont dû enterrer leurs morts et reconstruire avec patience le village, alors même que beaucoup vivaient dans des abris de fortune, à côté de l'immense cratère laissé par les bombes anglaises. J'ai dit on ne saura jamais non plus si les survivants ont formulé le moindre reproche à l'encontre des membres des FFI, alors même qu'un peu partout, des soldats surgis de l'Ohio ou du Kentucky commençaient à sillonner la région pour extraire les Boches de leur repaire. Mais les visages fermés des passants, la silhouette des femmes en tenue de deuil au milieu des décombres, tout cela ne peut pas ne pas avoir joué le rôle d'un reproche diffus pour un homme comme lui, qui avait placé le devoir et l'intégrité comme boussole de ses moindres actions. J'ai dit oui, le ver était dans le fruit dès cette nuit du 8 mai 1944, dans le regard sombre des ouvriers en train de patienter le matin devant l'Usine, dans l'attitude équivoque des uns et des autres, dans le sourire insensé des orphelins au cœur lisse et ingénu comme une page blanche, dans les impacts de métal brûlant, sur les murs de l'église, au moment où la nécessité de reconstruire semblait heurter de plein fouet cette réalité encore vibrante de la mort.

Romain s'était rallongé, les bras tirés en arrière sur le canapé, à regarder la fumée s'élever vers le plafond, la cigarette calée négligemment entre ses lèvres. Il a secoué la tête d'un air de dénégation, tandis que je disais ça aurait dû être des années de bonheur, une fois la guerre terminée, ça aurait dû être des années heureuses, nom de Dieu, avec la naissance des filles en 1947 et 1949, et encore cette douceur de la vie bourgeoise, dans le manoir des Ormeaux devenu officiellement leur lieu de résidence, depuis le bombardement de mai 1944 et la destruction de cette partie de l'Usine dans laquelle ils habitaient depuis le début de la guerre. Pourtant, il ressort de la parole des uns et des autres que Guy, même en dehors du travail, était en réalité un homme dur, à la fois irascible et taciturne, un homme au tempérament explosif ayant parfois du mal à maîtriser sa colère, un homme finalement éloigné en tout point de celui qui serrait la taille d'Yvonne, quelques années auparavant, un sourire espiègle aux lèvres, dans le jardin botanique de la propriété de Vaucresson. Oui, quelque chose durant cette guerre avait fait de lui un étranger, un type que rien de la chaleur familière du foyer ne pouvait réjouir ou réconforter, comme s'il avait participé à quelque fête atroce avant de revenir finalement vers les vivants, sans plus parvenir à trouver aucune saveur au monde qui l'entoure.

J'ai fini par quitter le poste que j'avais occupé tout ce temps, un coude simplement posé sur la rambarde, et je suis allé me rasseoir au milieu du salon, devant la table basse à l'allure simple et aride. Romain regardait vaguement le cône de pièces étincelantes, les mains rivées pesamment derrière la tête, si bien que j'ai dit on n'aura jamais la dernière pièce qui nous manque, tu l'as compris, puisqu'il n'y a en tout et pour tout que huit pièces dans ce foutu système de valeurs, mais à ce stade de l'affaire ça n'a plus d'importance parce que les choses ont pris maintenant une dimension cosmique, ou sidérale, avec le cercle de la place en contrebas, en train de palpiter dans la pénombre, ou encore le cercle de la ville elle-même, et peut-être bien celui de l'univers tout entier, aux dimensions impensables d'une vaste cour de récréation, qu'on arpenterait en tous sens à la recherche d'une réponse. J'ai encore observé Romain, dans sa lutte intestine avec la fatigue, et j'ai dit ça restera le cercle du Silence, malgré tout, le cercle de tous les silences inscrits, page après page, dans le Grand Recueil des occasions perdues.

J'ai rallumé une cigarette qui se trouvait devant moi, dans le cendrier déjà étouffé de cendre, et j'ai fini par sortir à nouveau mon carnet pour en tirer un cliché en noir et blanc, aux bords racornis, que j'ai déposé contre un verre, devant le minuscule dôme de pièces rondes. Puis j'ai dit voilà ce qui reste en fait de toute cette histoire, et Romain s'est penché instantanément vers la table, comme ragaillardi, pour approcher la photo de son visage. Et la photo justement, représentait un paysage incertain, une route couverte de neige, avec un arbre simplement sur le côté, et la silhouette de quelques types, en combinaisons d'hiver, s'évanouissant lentement sur la piste damée par les véhicules de transport de troupes. Romain a mis sa cigarette entre ses lèvres, pour observer de plus près la route sinueuse enveloppée de lumière grise, puis il a demandé c'est ton grand-père, sous l'arbre, la cigarette toujours en train de fumer le long de son visage, mais j'ai dit on ne sait pas, bon Dieu, ça pourrait être n'importe qui, un type pris au hasard, ou encore Barthélemy puisqu'ils étaient toujours ensemble, l'un et l'autre. J'ai dit on n'a que ça, en définitive, ce qu'on aperçoit se limite à des traces de pneus laissées dans la neige, au milieu de nulle part.

Puis Romain a retourné le cliché et il a lu à haute voix les quelques mots qui se trouvaient là, tracés à l'encre noire, *décembre 1951, Route de Suwon*, juste ça, *décembre 1951, Route de Suwon* en lettres minuscules sur deux lignes superposées. J'ai dit oui, je ne saurais pas dire pourquoi mais je pense quand même que c'est lui, sous le saule habillé de blanc, qui a dû vouloir ramener à Yvonne l'image d'une halte paisible, au milieu du froid glacial, mais sans que la photo parvienne à rendre quoi que ce soit de tangible, hormis la présence de quelques silhouettes rares, en train de disparaître dans un virage à droite. J'ai passé mon briquet à Romain pour qu'il puisse rallumer sa cigarette, et j'ai encore dit on est dans le flou intégral, à la mesure de cette éternité grise de l'image, mais ce qui est mystérieux pourtant, c'est que ce cliché, pour futile et inintelligible qu'il puisse être, s'est trouvé durant cinquante années dans le « Saint des Saints », cet espace privilégié de l'étagère de ma grand-mère, qui venait recueillir les souvenirs importants d'une vie. J'ai dit oui, c'est comme si la silhouette de cet homme en noir, sous un saule vitrifié par le froid, rassemblait à elle seule la file ininterrompue des questions posées depuis cette journée du 2 septembre 1950 et le départ à la nuit de Guy, pour une destination lointaine qu'elle ne connaissait même pas.

Romain s'est tourné à nouveau vers la fenêtre en disant il a pris cette décision dans l'urgence, je suppose, sans voir ce que ce choix devait à l'Histoire et aux mœurs de cette époque boucanière, quand un homme devait simplement tout encaisser plutôt qu'en faire mention à la femme qui se trouvait à ses côtés. Il a dit le capitaine, à ce moment précis, a choisi d'assumer ce qu'il considérait comme sa responsabilité de père, d'époux, de soldat, ou je ne sais quel exemple encore de dramaturgie obscure, et il a pris la seule décision qui lui semblait moralement acceptable, celle de partir se battre en Corée, sans pourtant toucher du doigt cette évidence première, à laquelle il a pu ne pas croire, à savoir que l'on meurt souvent à la guerre, en particulier dans ces guerres d'indépendance, qui nous placent face à un ennemi aussi brutal et déterminé qu'on a pu l'être quelques années auparavant. Il a tiré longuement sur sa cigarette, puis il a pris une fois encore la photo entre le pouce et l'index, et il a dit je crois aussi qu'elle est là, la signification profonde de cette photo d'un homme au béret noir, en train de prendre la pause sous un arbre gelé, ta grand-mère devait la garder près d'elle parce qu'elle symbolisait l'intégralité de ce qui n'avait pas été dit, de ce qui avait été tu entre eux, malgré l'amour et la confiance qui les avaient unis pendant quinze années.

J'ai regardé par la fenêtre moi aussi, la manière dont le bleu sombre du ciel le disputait peu à peu à la clarté indistincte de la ville, et j'ai dit oui, le silence a gagné depuis cette nuit précise du 8 mai 1944, lorsque le ciel s'est effondré brusquement sur le visage de ceux qui avaient imploré son aide. J'ai poussé du doigt le dôme de pièces, sur le côté, et j'ai encore dit c'est même la raison d'être de ces cercles empilés en vain, sur la table basse. Ils viennent nous rappeler que l'Enfer, l'Enfer réel, sans la fantasmagorie des prêcheurs et des artistes en quête d'absolu, n'est jamais qu'une manière de figurer le caractère dérisoire des aspirations humaines, face à cette évidence première de la mort. J'ai dit le reste, le reste n'est finalement qu'une accumulation de détails, la fermeture de la Tréfilerie bien sûr, avec Yvonne qui laissait filer l'argent entre ses doigts, comme du sable fin, mais aussi le choix inflexible de Guy, d'assumer seul le devenir de ses quatre enfants dans cette période d'après-guerre, aussi dure et intraitable qu'une bonbonne de gaz laissée au soleil. Oui, tout ça n'est plus qu'une suite de détails, et de raisons accessoires, on le sent bien. C'est le moment où l'histoire elle-même semble s'effacer au profit des cercles qui lui ont donné vie, le moment où la réalité cède la place à une vision abstraite et gelée, comme ces damnés du neuvième cercle que la glace a figés au plus profond de la terre, dans une cathédrale inversée sortie de l'imagination maladive de Dante.

Romain s'est tordu vers la gauche, afin d'écraser sa cigarette à l'aplomb d'une lampe, alors j'ai repris la photo dans les mains et j'ai dit le silence, oui, j'ai toujours pensé qu'une conversation de dix minutes à peine, avant le départ de Guy, aurait pu définitivement infléchir le cours des choses, et laisser une nouvelle chance aux amants de 1937, à cette joie inaugurale qu'ils avaient mise de leur côté en faisant valoir, envers et contre tout, la singularité de leur union. J'ai regardé encore la photo, à la lumière hésitante de la lampe, et j'ai dit il aurait suffi de quelques minutes pour dire l'essentiel, la culpabilité de mai 1944, aux relents corrosifs de chair brûlée, et plus tard encore les rêves post-traumatiques de 1953, lorsque le capitaine Mallon, de retour de Corée, se levait au cœur de la nuit noire pour se mettre au garde-à-vous et passer en revue, le regard enfui dans un vide atroce, les soldats silencieux d'une armée invisible.

J'ai raclé un fond de paille sèche dans le paquet qu'on avait mis en commun, et j'ai roulé la dernière cigarette de la nuit, en regardant par la fenêtre le jour en train de poindre sur les murs de la ville. Puis j'ai observé Romain, qui jouait à présent avec les miettes de la table et j'ai dit Yvonne faisait souvent référence, de façon incidente, à cette journée de 1948 ou 1949, lorsque les enfants ont dû être conduits en urgence au centre antipoison après avoir façonné pour leurs parents de magnifiques cendriers de poudre noire, dans le dépôt de munitions des Ormeaux laissé en l'état depuis mai 1944, avec ses bombes de 500 kg suintant la mort de toute part. J'ai dit c'est comme si le passé les avait sommés, à cet instant précis, de prendre la mesure de toute la peine accumulée, au milieu du luxe fantasque de la propriété familiale. J'ai dit oui, mais rien n'a été dit finalement, et le silence a gagné la partie pour de bon, si bien qu'à l'époque où j'étais enfant, près de trente années après la mort de Guy, ma vieille grand-mère pouvait encore chanter, comme si tout s'était déroulé la veille, ce refrain surgi d'une époque lointaine, *Tout va très bien, Madame la Marquise, tout va très bien, tout va très bien*, mais à chaque fois avec cette légère ironie dans la voix, qui l'amenait immanquablement à conclure sur un ton plus désabusé, *Tout va très bien, c'est vrai, quelle connerie*, avant de se taire brutalement, pour continuer à fumer en silence.

Alors je me suis laissé aller, moi aussi, à fredonner ces quelques mots qui avaient ponctué mon enfance avec elle, *Tout va très bien, Madame la Marquise, tout va très bien, tout va très bien,* avant de dire *Tout va très bien*, tu parles, rien ne pouvait aller, nom de Dieu, durant ces quinze années de vie commune, tandis que le monde s'embrasait de toute part et que les événements, la terre, les hommes semblaient soudain méditer partout l'anéantissement de ce territoire sensible des amants. J'ai dit non, rien ne pouvait aller non plus lorsque Dieu lui-même, comme en pluie, faisait s'abattre le feu et la poudre sur les habitations du village de B., provoquant la mort de cent quatre-vingt-trois personnes au cœur de la nuit noire, et laissant à jamais exsangue la conscience de ceux qui avaient choisi, au péril de leur vie, de résister à l'une des formes les plus abouties de la Connerie Humaine. J'ai dit merde, rien n'allait non plus, lorsque ce même Dieu, dans sa fantaisie toute puissante, choisissait la date précise du 8 mai 1944 pour déchaîner le feu qu'il avait gardé sous son aile, de sorte que le village s'est trouvé à un an de là, puis toutes les années suivantes, à commémorer ce Jour en particulier, le 8 mai, sans savoir s'il fallait pleurer ou se réjouir, remercier Dieu ou Le maudire pour cette dernière blague qui était finalement l'équivalent d'une gifle ou d'un masque atroce, sur la scène pompeuse des tragédies humaines.

J'ai observé un instant mon verre de whisky, vide et alangui, et j'ai dit non, rien n'allait, c'est vrai, lorsque Guy, entre deux passages sur les « Théâtres d'opérations extérieurs », a fait soudain irruption dans l'école de « La Providence », en uniforme des forces d'élite de l'armée de terre, pour embarquer sa fille aînée sous l'œil médusé des religieuses, ne laissant en guise d'explication ou d'excuse à celles qui étaient là que cette apostrophe chargée de défiance, « Mes sœurs », doublée d'une simple inclinaison de la tête. J'ai dit oui, je crois en effet qu'à cette époque, aux alentours de 1952, quelque chose s'était définitivement brisé chez le capitaine Mallon, et qu'après deux années encore à voir des familles en file indienne renversées comme des dominos par les tirs croisés des armées adverses, il avait finalement perdu le sens de l'humour lui aussi, en levant les yeux au ciel. J'ai dit merde, je pense que face à ce dernier silence, celui incompréhensible de Dieu, il avait décrété en son for intérieur que rien ne valait plus la peine de rien, et qu'il était temps de revenir aux fondamentaux de sa femme et ses gosses, dans une version tout à fait neuve pour lui de l'individualisme, comme quand il affirmait à Yvonne qu'ils partiraient tous en Amérique, au retour d'Indochine, pour mettre en œuvre ce nouveau départ dont ils rêvaient l'un et l'autre. Il disait que cette chance serait enfin à leur portée lorsque la guerre serait gagnée, mais qu'il lui fallait d'abord obtenir le grade de capitaine à titre définitif, promotion qui constituerait finalement le socle de leur vie future.

J'ai tiré une longue bouffée, en laissant toujours advenir et s'écouler les bruits par la fenêtre, et j'ai encore dit mais le Destin comme on sait n'a pas toujours la décence d'écouter nos prières, et le capitaine Mallon a fini par mourir, au milieu des orchidées et des ylang-ylangs, dans la douceur d'un matin oriental, sans jamais probablement qu'on puisse ramener son corps ou même le distinguer de ceux des autres, tant la confusion le long de la RP14 commençait à grandir, en ces derniers jours de mars 1954, pour les forces du GM 100 dont plus d'un tiers disparaîtrait bientôt dans la brousse indochinoise, comme avalées par cette nature exubérante. J'ai regardé Romain qui n'en finissait pas de jouer avec son verre vide, le faisant tourner sur lui-même, et vriller avec légèreté sur la surface en inox, puis j'ai dit on en est encore là, plus d'un demi-siècle après, comme si le temps s'était arrêté ou qu'il refusait à présent de jouer avec nous.

Romain n'a rien dit encore pendant quelques instants, mais il a fini tout de même par rapprocher le verre qu'il tenait pour le nettoyer un peu avec son pull. Puis il a pris l'autre verre, qui se trouvait en face de moi, et il l'a posé à côté du premier, en disant on ne va pas laisser les choses en l'état, nom de Dieu, après deux heures et demie de parlotte ininterrompue, et encore les milliers de verres avalés pour rien, par simple habitude de se torcher la gueule une fois la semaine arrivée à son terme. Il a attrapé la bouteille qu'il avait posée au loin sur la droite, et il a versé minutieusement les dernières larmes, d'une main précise et bienveillante, avant de dire on va boire cette dernière gorgée de façon précautionneuse, à la santé de tous ceux qui ont foiré leur tour de chant, comme des alouettes égarées dans le petit matin tranquille. Il a tendu un verre dans ma direction, par-delà le foutoir de la table ensommeillée, puis il a levé le sien à la manière des fins heureuses, laissant à présent la rumeur du quartier entrer de plein fouet par la fenêtre ouverte, comme si la place elle-même tentait de reprendre ses droits, au milieu des cartons qu'on déballe et des notes déjà familières de la foire.

J'ai dit tu as raison, en avalant moi aussi une dernière gorgée d'alcool, bercé par les premiers klaxons de la place. Je regardais une fois encore l'image de la route enneigée, en train de remonter pesamment vers Suwon, et j'ai dit il faut qu'on parle de ça, aussi, en sortant du carnet une missive courte aux armes du bataillon de Corée, il faut qu'on parle de la lettre qu'Elle a reçue, près de trois semaines après la visite des officiers pour lui annoncer la mort de Guy, sur le perron tremblant des Ormeaux. J'ai déplié devant moi la réplique exacte de cette dernière lettre du 17 mars 1954, frappée du sigle de l'ONU, aux palmes croisant de façon mystérieuse un bras armé d'un glaive. Et j'ai dit c'était la voix même de la mort qui s'adressait à elle pour combler le silence, dans l'immense maison, alors que tout était encore posé, tel quel, dans l'attente de son retour et qu'Yvonne, au fil des nuits glaciales, continuait d'errer dans un état proche de la folie, passant d'une pièce à l'autre, le visage blanc et lointain, afin d'étreindre une dernière fois le corps de cet homme au doux visage. Puis je me suis avancé vers la lumière jaune, pour y placer le verso de cette carte minuscule, et j'ai commencé à lire avec lenteur les mots tracés toujours de cette même écriture vive et noire.

Je suis sous ma tente (la même que j'avais en Corée) et j'écris à la lueur d'une bougie.

Le soleil n'éclairait pas encore la place mais de l'autre côté de la table, Romain plissait déjà les yeux sous l'effet de la fatigue et de l'excès de lumière.

J'ai quitté un village de montagnards où nous sommes restés quelques jours et nous sommes maintenant en pleine brousse.

Tout était limpide, avec le bruit seulement des camelots en train d'installer leurs échoppes, de parler fort ou de trinquer sur le parvis de l'église.

La nuit est pleine des bruits de crapauds, de libellules qui volent, de cigales qui crissent.

Dans la pièce enfumée, j'ai passé une main fatiguée sur mon visage, avant de ramasser d'une main les pièces empilées sous la lampe.

Je pense bien à toi ici.

On a fini par se redresser et s'ébrouer un peu, au milieu des vestiges de la nuit.

Sans qu'il y paraisse, la séparation m'a été dure, plus dure que la dernière fois en 1950.

J'ai regardé l'image de la route de Suwon, sous la neige, l'image aussi de ces hommes en tenue de guerre, en train de disparaître dans le froid.

Nous ne nous séparerons plus jamais quand je rentrerai.

Puis je l'ai remisée pour de bon dans ma poche.

Embrasse nos grands garçons et nos petites filles pour leur papa qui les aime tendrement.

Sans rien dire.

Pour toi, ma belle femme chérie, reçois les douces caresses de ton mari qui t'aime.

Guy

On a laissé passer un peu de temps, comme ça, le front bercé par la brise qui entrait maintenant de plein fouet par la fenêtre grande ouverte. Puis on s'est levés finalement, pour commencer à ramasser les verres qui traînaient sur la table, et on a déserté, l'instant d'après, la pièce maussade aux premières lueurs de jour.

pca
cmb
édition pré-presse
livres numériques

44400 Rezé

IMPRIM'VERT®

Achevé d'imprimer
en février 2022
par Corlet Imprimeur
14110 Condé-en-Normandie

Dépôt légal : février 2022
N° d'imprimeur : 21120950
Imprimé en France